启功谈诗词

启 功 著

中华书局

图书在版编目(CIP)数据

启功谈诗词/启功著. —北京:中华书局,2025.7. —ISBN 978
-7-101-17239-3

Ⅰ.I207.2

中国国家版本馆 CIP 数据核字第 2025L2B592 号

书　　名	启功谈诗词	
著　　者	启　功	
整 理 者	柴剑虹　吕立人	
责任编辑	傅　可	
文字编辑	蔡楚芸	
封面设计	毛　淳	
责任印制	管　斌	
出版发行	中华书局	
	(北京市丰台区太平桥西里 38 号　100073)	
	http://www.zhbc.com.cn	
	E-mail:zhbc@zhbc.com.cn	
印　　刷	天津裕同印刷有限公司	
版　　次	2025 年 7 月第 1 版	
	2025 年 7 月第 1 次印刷	
规　　格	开本/850×1168 毫米　1/32	
	印张 10⅛　插页 8　字数 152 千字	
印　　数	1-5000 册	
国际书号	ISBN 978-7-101-17239-3	
定　　价	54.00 元	

启功先生照片

启功先生和本书整理者之一柴剑虹先生

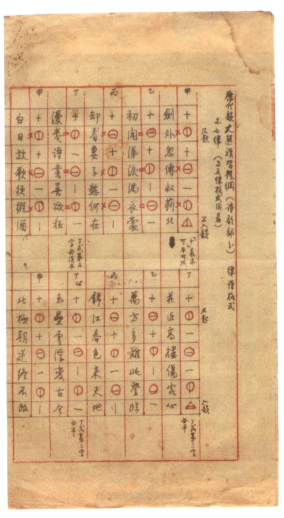

启功手书历代韵文选复习提纲

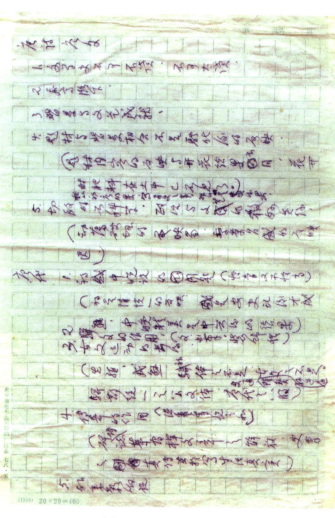

唐代诗文备课提纲手稿第 1 页

唐代诗文备课提纲手稿第 3 页

唐代诗文备课提纲手稿第 4 页

唐代诗文备课提纲手稿第 6 页

唐代诗文备课提纲手稿第 7 页

唐代诗文备课提纲手稿第 8 页

唐代诗文备课提纲手稿第 13 页

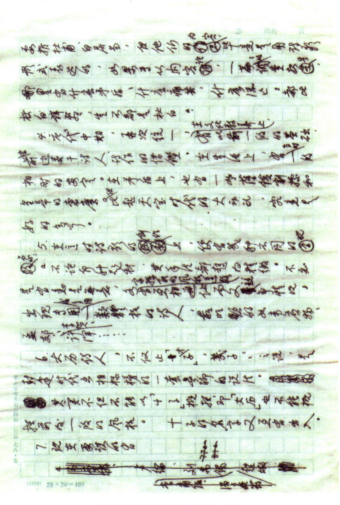

唐代诗文备课提纲手稿第 14 页

唐代诗文备课提纲手稿第 15 页

出版说明

　　启功先生一生研究史学、经学、语言文字学、禅学，教授古典文学、古代汉语。这本《启功讲诗词》收录了启功先生的唐代诗文讲稿和宋词讲义。前者系1979年启功先生为北京师范大学古代文学研究生讲授的"唐代文学"课的讲稿，由中国敦煌吐鲁番学会前副会长兼秘书长柴剑虹先生整理而成；后者由中国政法大学古籍所吕立人教授根据启功先生1954年编写的讲义整理而成，这份讲义曾在1956年印刻发给北京师范大学中文系三年级学生使用。

　　启功先生的唐代诗文讲稿概述了唐代诗文的成就并略论了初唐、盛唐、晚唐诗歌的特色，并从李白、杜甫等诗人的作品特点出发品评立论。语句精辟、观点独到，深入浅出，对于专业研究者和一般读者都开卷有益。其宋词讲义选编宋词作品有自己独到的眼光，不仅征引史籍资料翔实，而且注释简明、按断精当，具有文献价值。此前，这两份讲义分别于 2009 年、2016 年在中华书局出版，名为《启功讲唐代诗文》和《启功给你讲宋词》。在启功先生逝世 20 周年之际，我们决定将两份讲义结集出版，以纪念启功先生，也希望对喜欢启功先生、对唐诗宋词感兴趣的读者有所帮助。

中华书局编辑部

2025 年 3 月

目　录

上编　唐代诗文

第一讲　唐代诗文概述

一、如何研究唐代文学

在具体讲唐代诗文之前，先要谈一谈如何进一步研究唐代文学的问题。我的想法是：

第一，现行的几种古代文学史教材有一定的局限，因此虽不可不读，也不可"太"读。只读这些个教材，不看那些作家的全部作品是不行的。我们要真正了解一个时代，了解作家及流派，要读文学史教材以外的东西，才能大有所为。

第二，要居高临下，不要被某些人的议论所吓住。研究作家作品，要总的来看这个作家在这个时代起了什么作用，和前代、后代发生什么关系。"有比较才能鉴别。"不看六朝诗、宋元诗，就没法评论唐诗，例如"初唐四杰"在诗歌史上的地位。

第三，"时代背景"与文学艺术的成就非常有关，但究竟是怎么一个关系？背景上一些事情并非当时所能奏效、就会有所反映的。有些非得经过一段"消化"才能反映出来。现在所编的文学史（教材）很容易处理不好题材所反映的背景与当时的消化程度的关系。

第四，题材的反映是当时的，而艺术成就、艺术手法却不是当时即能奏效的。这是一个施肥、开花、结果的过程，结果了，而土壤中的肥料已经看不见了。杜甫反映安史之乱的诗篇大家称"诗史"，但杜甫能写出这样的诗来是汉魏六朝、初唐给了他一次又一次的肥料，他一次又一次地消化。决非安、史一乱，杜甫就写（得出来）。

第五，一个段落、一个时期的文学，有一个时代的风格问题。但"段落"可能不宜"一刀两断"。尤其是唐代文学，不宜截然来分什么"初唐""盛唐"。初、盛、中、晚，是封建王朝政治上的盛衰，与文学有关，但绝非"同步"，关系是复杂的。"盛"时，并不见得那些人（作家）立刻就可以写出来。一个动荡、祸害的时期，当时反映出来较容易些，所谓"穷而后工"；而和平、舒适的生活，则不容易写出好东西来。所以李、杜写安史之乱相对容易。

但是艺术手法的发展则需要积累的过程。五代、隋末动乱平息了，唐统一了天下，而初唐人文化教养的成就却是隋统一的功劳。故盛唐的李、杜是隋+初唐酝酿出来的。盛唐的浇灌则反而使晚唐的人得到好处。白居易、韩愈都是明显的例子。韩愈诗所反映的情况正是唐代二次统一后的大气魄，从某种角度来看，他的诗比他的文还要高明。当时有韩诗那样成就的作家有几个？白居易的诗能做到"老妪能解"，也是经过了多少过滤、沉淀，不是那么容易的。我们把《元氏长庆集》和《白氏长庆集》一比较，前者混杂如一锅杂米粥，什么都有；后者则如滤清之糖水，绝少渣滓。正如民间曲艺艺人"皮儿厚、皮儿薄"之行话——皮儿薄则一听就明白，反之就隔了一层乃至多层了。

杜甫的"三吏""三别"等写愁苦之事与情，很动人；写高兴的只有一首《闻官军收河南河北》，因为表达了一种希望，故充满了欢愉之辞。而韩愈、白居易也有不少是反映实际生活的。过去的批评家轻视中、晚唐文学，我以为是不对的。晚唐诗写得非常细腻，如赵嘏、许浑、司空图，诗的"精密度"已达到了很高成就，这正是安史之乱后再度一统开出来的花。故而我说初、盛、中、晚的"段落"不宜死板地看。

我曾写有一条笔记："唐以前的诗是长出来的；唐人诗是嚷出来的；宋人诗是想出来的；宋以后诗是仿出来的。"嚷者，声宏实大，出于无心；想者，熟虑深思，行笔有忌。而晚唐的许多诗也已经经过了周密思虑，如赵嘏的诗句："残星几点雁横塞，长笛一声人倚楼。"两句诗的最后三个字的平仄为两仄夹一平（｜－｜）和两平夹一仄（－｜－），即在熟练的律诗基础上来了一联常用的拗句。又如许浑的诗句："溪云初起日沉阁，山雨欲来风满楼。"两句最后三字亦是两仄夹一平和两平夹一仄。他们不做古体，却要留一点拗句。他们的确也"想"了，可见晚唐人做诗是如何细腻。

司空图的《二十四诗品》虽系文学批评，其实本身就是诗，二十四首四言诗。

宋以后诗盛行模拟之风，什么笑话都出。如汉乐府有《鼓吹铙歌》，其中的"衣乌鲁支邪（ya）"是衬字，但是明朝人（前、后七子）仿作乐府《铙歌》，连这些衬字也模拟，难怪要被钱谦益一个个臭骂一通。

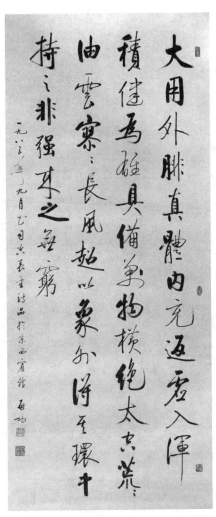

启功书《二十四诗品》句

二十四诗品·雄浑

司空图

大用外腓，真体内充。

反虚入浑，积健为雄。

具备万物，横绝太空。

荒荒油云，寥寥长风。

超以象外，得其环中。

持之非强，来之无穷。

二、关于唐文

关于唐文，我简略地讲四个问题。

1. 唐朝的骈体文

大家知道，骈体文在汉魏六朝盛行。汉赋求大，往往过分堆砌辞藻。六朝小赋则灵便得多。到了唐代，又向前发展了一步，场景、事理均运用自如。四六体逐渐成熟，律赋也定型了。在《文苑英华》中有大量的这类唐赋。为什么能这么繁盛呢？许多书用"形式主义""宫体"一笔抹煞。有的则说是"因为皇帝喜欢"。其实，那些赋皇帝也未见得懂。骈体文在唐朝为什么那么盛？有什么好处？还值得推究。

六朝以来有"文""笔"之分。"文"是图案、纹饰，说明有装饰性，才能叫"文"。文章除了表达思想、交通语言外，还要有装饰，所谓"踵事增华"，但逐渐积累，越积越多，不免累赘。为什么要四六对称呢？古代著文，并无标点。汉代读书，文边有√号，表示是一句，但大多并无句逗。四六对称，自然停顿，则有代替标点的作用。可见在作为"交通工具"上也有便利作用。此外，骈体文又有它（形式）美的一个方面，念起来自然得到美的感受，而不是人为的。

　　宋朝有"品字笺"，也叫"品字封"，是官僚往来的官样骈体文章，旁边附一个简帖、一个名帖，因三个叠在一起成"品"字形，故称（见之于陆游《老学庵笔记》卷三）。于是，骈体文的优越性又被它的大量流弊所掩盖，也就逐渐衰败了。韩愈"文起八代之衰"，以"笔"救"文"，"笔"也就起来了。"笔"，即散体文。最初，"笔"是不能与"文"相比的，后来它起来了，摆落浮华，这是好的，可是又有许多不便的地方，许多艰涩的东西。经过韩、柳等人的努力，逐渐规整、圆熟，成为后人称颂的"唐宋八大家"。但是到了清末，又形成了著名的"桐城派"，被人推崇，又渐趋僵化，又被人骂为"桐城谬种，选学妖孽"。至此，"文""笔"的末流都不行了，被五四运动所反对，因为它们又成了另一个套子、框框了。

　　在唐朝，另外还有一类文章，一般文学史很少提及，在唐初就有，看似骈体形式，但非四六相对，实际上是骈、散两者的折衷，对后世有影响。如刘知幾的《史通》就是这样的文章，有骈文的形式，散文的作用，两者之折衷。又有孙过庭的《书谱》，也是这样的文章。既概括又透彻，这就厉害了，非常纯熟。到了晚唐，陆贽有《陆宣公奏议》，比

《史通》又解放一些，句子更活，更浅易，但有上句必有下句。这种文章一直到近代还有人在做。它也被明清的八股文所吸收。不了解八股文，没法了解明清文章。我们不能否认它的历史作用。这不仅是形式的问题，还因为当时有需要。这个问题，很值得探讨。

2. 古文运动

古文运动与前、后均有关系，并不是一下冒出来的东西。唐前期的陈子昂、独孤及、元结已有这样的文章，带有复古的企图。为什么要"复古"？有人说是"以复古为革新"，那为什么要这样呢？我觉得有人是有意识地以复古来革新，有的并非一定有意识。唐初有的作家也模拟《尚书》《左传》等；也有的人认为骈四俪六不庄重。北周的苏绰为皇帝模拟《大诰》，文字太古奥，不知所云了。唐朝樊宗师也是这样，韩愈称赞他"惟古于辞必己出"，而这恰恰是樊文最失败处。他的文章原有一百卷，现在只留下了两篇半（见《樊绍述集》）。这才是真正的复古，但恰是自取灭亡。后来有的是模古、拟古，客观上起了否定当时流弊的作用。

韩愈有意识推尊樊宗师，说明他未必没有复古意图，但他不敢照那样办理，否则，他的"谀墓金"也得不到了。他稍微注意到群众，注意到别人能否看懂。可见"复古派"未必有意识真要复古，而有些真正复古的人则不能真复得了（像韩愈，未尝不想复古，但又不能或不敢那样去复古）。我们要恰当地评价"古文运动"，这是件很细致的事。它的效应很大。它的原始企图如樊宗师，做不到便成了韩愈，这样反倒好了。

3. 唐传奇

现代陈寅恪先生在新中国成立前写了许多文章，也讲了唐传奇。他讲唐代传奇这么盛，是因为进士考试的"温卷"（第二次交给主试官的卷子）都用次一等的作品，这就使传奇盛行。这种解释不够全面。唐代正统文章是碑、传、墓志一类的官样文章或大篇的赋，而真正反映社会生活真实情况的则用一种轻松的或祭祀的文章来担任，就往往用小说体（似乎是不太负责任的传说，反倒真实），这就是传奇。它不受约束。这是传奇流行的主要原因。它的故事传说又往往来自民间（有说唱），真实、活泼、生动，这是一种很重要的成就。传奇的文章也不是没有吸取古代好的东西，进士温卷要让考官看出"史才""文才"，但也不全是如此，因为写传奇者并不都那样官迷心窍，又因为他要写的事情也不能用那些官样文章来表达。当然官修史书里也有"史才""史笔"之说。如南北朝史中大都是官样文章，其中有些好的，被《资治通鉴》吸收去，使《资治通鉴》成为"故事汇编"。中国古代小说的精华都在史书之中，要看二十四史，更首先要看《资治通鉴》。如其中写李泌，实际上是从一篇《邺侯家传》的传奇而来。传奇与史书有关，是在于它吸取了《左传》《史记》《汉书》中写人物的文学手法。《聊斋》就是有意模拟《左传》《史记》的。这类作品，除鲁迅先生整理的《唐宋传奇集》之外，还可以搜集、补充些东西。

4. 唐代文学与外来的影响

当代有一种思潮，认为中国文艺，以至整个文化都是外来的，自卑感太强。反映在文学研究中，说唐朝文学受印度佛经影响；连雕刻、绘画也全受印度影响。结果敦煌藏经洞的材料一发现，便没法解释了。如"变文"（"变"对"经"而言）的发现，有人讲从佛经"经文"而来，又把许多俗赋（如《韩朋赋》《燕子赋》）也一股脑儿说成是"变文"，其中心思想是认为"外来"的，有价值，实际上是土产。佛经变文，故事讲的是印度事，形式却是中国的土产。唐朝的佛经翻译文学，正是用中国的文学语言来翻译佛经。如西域鸠摩罗什译本与玄奘译本一比，后者要好得多。因为唐朝宰相"兼润经史"，一润色，则民族化了。因此，谈翻译文学，应该讲是中国文学家的再创作。如玄奘译的《心经》最后有几句咒语："揭谛揭谛，波罗揭谛，波罗僧揭谛，菩提娑婆诃。"（当时不译咒）后来有唐人改译成："究竟究竟，到彼究竟，到彼齐究竟，菩提之毕竟。"就不再神秘了。这是从音译—意译—诗句的过程。所以说，佛经的中文翻译，也是再创作。

第二讲　初唐、盛唐诗歌略论

先提出问题：为什么诗在唐朝兴盛起来？又有人对初唐诗加以轻视和鄙视（以明代王世贞、李攀龙为代表），为什么？

唐代确实是诗的壮盛时期。从诗广义的概念来讲，宋词、元曲何尝不是诗？一篇好的散文也有诗的成分。从狭义来谈，唐诗确属于壮盛时期。唐诗为什么壮盛？必须和以前、以后的作品做比较，特别是和以前的比。明中期公安竟陵派的袁宏道（中郎）、谭元春推崇唐人诗。袁做诗很好，要破坏假古董派，他讲："唐人之诗，无论工不工，第取读之，其色鲜妍，如旦晚脱笔研者；今人之诗，虽工，拾人饤饾，才离笔研，已成陈言死句矣。"明代前、后七子中专门模拟唐诗者，便是假古董。

一、汉魏六朝诗的成就

汉魏六朝诗有成就，但究竟到了何种程度？有人讲好得不得了，古雅得了不得，这完全是崇古思想，我不以为然。《诗经》里《关雎》等篇，就诗的发展史看，像小孩学说话，朴实天真，但非长歌咏叹。（据传毛主席曾说过《诗经》没有诗味的话，我很赞成。）因而是幼稚的手法，处在幼稚时期。

当然，《诗经》也有很好的写法，如"昔我往矣，杨柳依依；今我来思，雨雪霏霏"，这是留有想像的余地。诗，到了汉魏、西晋，就大进步了，直接写眼前事物，直接吐露思想，但又病在太直。曹植诗已近初唐；左思的《咏史》诗气魄大，思想也好，但一看"左眄澄江湘，右盼定羌胡，功成不受爵，长揖归田庐""著论准《过秦》，作赋拟《子虚》""言论准宣尼，辞赋拟相如"，想什么讲什么，太直白，而且诗句对仗如拟对联，称之"合掌"。这又仅仅是那个历史时期的产物，与唐人比就显得糟了。那么，汉魏之际是否有没有这种毛病的诗，超脱一些的呢？（即脱掉"图案"手法者。）曹操稍有摆脱，他的四言诗跳跃很厉害，留有空隙，看起来比较舒服。他的这种诗也是从民间学来的，真正吸取了传统的好的精华。如《西洲曲》就很好，四句一段，完全是凌空的，而不始终沿着一条铁轨。这种优点曹操也有，他的诗已超过了《诗经》。既有民间传统，又有自己的生活，就像有人说的，来自生活，又高于生活；只是当时还比较粗糙。

陶渊明能把很愤慨、很不平静的心情用另一种手法写出来。并非周身静穆，而蕴含很深的正义感。如他在《归去来兮辞》中写辞官是为奔程氏妹丧，但在《归园田居》诗中却写"少无适俗韵，性本爱丘山"，与奔丧无关（他也并未到武昌奔丧），回家就不走了。当时"名教"很厉害，他却在文章中公开告诉大家，故意告诉人他不愿束带见乡里小人，公开蔑视名教。这里有愤慨，是"嬉笑之怒，甚于裂眦；长歌之哀，过于恸哭"，更加深刻，平淡中有不平。故清人周济认为后人讲六朝诗"陶谢（灵运）"并称不妥，应改为"陶杜（甫）"并称。我建议大家可以将汉魏诗与唐诗多做比较，看看像陶渊明这样的有几个，这样陶就突出了。

在诗歌技巧、语言、章法上，唐朝又比魏晋成熟了一步。如王粲是建安时人，他的诗句"南登灞陵岸，回首望长安"，"出门无所见，白骨蔽平原"，虽有所夸张，但还是很实在地将内容塞进诗歌中。而杜甫《秋兴八首》的"夔府孤城落日斜，每依南斗望京华""回首可怜歌舞地，秦中自古帝王州"，夸张大，想像余地又丰富得多，比较"稠"。到了宋朝诗词，则搁了许多水、汤、佐料。如张舜民的《卖花声·题岳阳楼》词："醉袖抚危栏，天淡云闲。何人此路得生还，回首夕阳红尽处，应是长安。"又深了一层。到了辛弃疾，"西北是长安，可怜无数山"（《菩萨蛮》），情感又不同，技巧上也不一样。

　　相比之下，王粲就太实在了。《诗经·卫风·硕人》："手如柔荑，肤如凝脂，领如蝤蛴，齿如瓠犀。"如此描写，说穿了，笨得厉害。曹植《洛神赋》的描述："延颈秀项，皓质呈露。……丹唇外朗，皓齿内鲜。"还是很笨。请看李商隐在《北齐》诗中写冯小怜："巧笑知堪敌万几，倾城最在著戎衣。晋阳已陷休回顾，更请君王猎一围。"写出了活生生的人。六朝诗写送别，总是归结到掉眼泪。在初唐，王勃还是"无为在歧路，儿女共沾巾"，而到了李白："故人西辞黄鹤楼，烟花三月下扬州。孤帆远影碧空尽，惟见长江天际流。"晚唐许浑："劳歌一曲解行舟，红叶青山水急流。日暮酒醒人已远，满天风雨下西楼。"情感不一样，更深沉了。

张九龄《答靳博士》诗意图

答太常靳博士见赠一绝

张九龄

上苑春先入，中园花尽开。

唯余幽径草，尚待日光催。

上面这几首诗一比较，就可以知道唐人诗是如何的成熟了。

二、初唐的诗

初唐的诗，比汉魏六朝来有进步，但仍有前朝余波。初唐人有的还想用"巧妙"的笔调，如："倦采蘼芜叶，贪怜照胆明。两边俱拭泪，一处有啼声。"（张文恭《佳人照镜》）"胆明"，镜也，诗人想巧妙，反而显得拙劣，让人恶心了。（《红楼梦》中引《孟子》里的"象忧亦忧，象喜亦喜。"象，舜弟名，这里用来猜谜语，谜底即镜子。）可见，唐初诗人想灵活、俏皮一些，但弄不好反倒弄巧成拙了。张九龄是由初唐到盛唐的人，他写了《奉和圣制过王濬墓》："汉王思钜鹿，晋将在弘农。入蜀举长算，平吴成大功。与浑虽不协，归皓实为雄。孤绩沦千载，流名感圣衷。万乘度荒陇，一顾凛生风。古节犹不弃，今人争效忠。"这种诗很拙劣，好像吃了东西在肚子里没有消化。相比之下，中唐时期刘禹锡的《西塞山怀古》就好得多了："王濬楼船下益州，金陵王气黯然收。千寻铁锁沉江底，一片降幡出石头。人世几回伤往事，山形依旧枕寒流。今逢四海为家日，故垒萧萧芦荻秋。"既有深度，又有广度。

可是，光凭初、盛、中、晚来分唐诗的好坏也是不科学的，像刘禹锡也有很糟的诗。只是前面这首诗已无硬块，写得流动，很丰富。所以说，成熟的唐人诗好在哪里？在于"消化"（未"消化"的少）。

初唐诗有几个值得注意的方面：

李商隐曾讲过："当时自谓宗师妙，今日惟观对属能。"（《漫成五章》其一）这是他对初唐诗人的评价——有联无篇。杜甫则不然，他写道："王杨卢骆当时体，轻薄为文哂未休。尔曹身与名俱灭，不废江河万古流。"他了解初唐诗歌的成就，并不一概否定；他对《文选》很熟悉，教导儿子："诗是吾家事，人传世上情。熟精《文选》理，休觅彩衣轻。"（《宗武生日》）能深入理解汉魏六朝诗坛，认为初唐是"消化"的第一步，"四杰"是"当时体"的代表。猛一看似乎有"派性"，其实很有道理，说明初唐诗确有自己的特色。下面分几点来谈。

1.五言抒情诗。五言抒情发源于阮籍——先声明一点，我非常反对钟嵘《诗品》"某人出于某某"的说法，因为这是很勉强的比附，当然也有形式、格局出于某人的，但情感不能"出于"谁，表达方式可以参考。阮诗很难懂，但他的

卢照邻《浴浪鸟》诗意图

浴浪鸟

卢照邻

独舞依磐石，群飞动轻浪。

奋迅碧沙前，长怀白云上。

五言诗形式被后来人吸取了。南朝人也讲些道理（玄言诗也得讲点理，好的还要寓理于景，如谢灵运的《登池上楼》："池塘生春草，园柳变鸣禽"）。到了唐初，就发展得厉害了，如陈子昂的"感遇"诗，张九龄的"感兴"诗，形式从阮籍来，但内容高于阮籍。

2. 七言长古诗。七古到唐初已经很成熟，如张若虚的《春江花月夜》，又如卢照邻的《长安古意》："长安大道连狭斜，青牛白马七香车，……寂寂寥寥扬子居，年年岁岁一床书。独有南山桂花发，飞来飞去袭人裾。"这些可以说是元、白《长庆集》、清吴伟业长律调诗（《圆圆曲》）的开端。汉魏六朝没有这样的东西。梁诗有不少是皇帝带着吹牛，胡写一通，实为破补丁，什么都有。（如《柏梁诗》："日月星辰和四时，骖驾驷马从梁来。……啮妃女唇甘如饴，迫窘诘屈几穷哉。"实在恶劣。）庾信的《春赋》好一些，但仍未脱掉古乐府的束缚，没有把眼前的事物升华，融和着自己的感情来表达。总的看来，初唐的七言长古诗还有不消化的痕迹，有些仍未脱离宫体诗的束缚。

3. 律诗格调的成熟。隋朝已经有了律调诗，但总有一二个字看着别扭，仿佛掺了"砂子"，很少有没有"砂子"的。到了唐初，律调形式发育完成了。武则天时，洛水石淙是游览胜地，武则天带着群臣来作诗，每人一首"七律"，刻在石壁上，为《夏日游石淙》，诗句仍有不顺之处（如武则天诗的末两句为"且驻欢筵赏仁智，雕鞍薄晚杂尘飞"）。只有沈佺期一首是完整的律诗。（沈诗中间四句："溪水泠泠杂行漏，山烟片片绕香炉。仙人六膳调神鼎，玉女三浆捧帝壶。"）另外还有宋之问，人亦无聊，作品内容也多无聊，但是格律体的完成却是他和沈佺期的功劳。当然，他们的全部作品中也有不合律的东西。到了杜甫，他的律诗则没有不合律者。（有人讲到了杜甫七律还未完成，则是将杜甫故意不拘格律的拗句当作不会，似不妥当。）不管如何，沈、宋确实是完成了律体的诗人。

4. 表达手法的进步。王勃的"落霞与孤鹜齐飞，秋水共长天一色"，有人说是抄了北周庾信《华林园马射赋》中的"落花与芝盖齐飞，杨柳共春旗一色"。其实，庾信赋中的形象十分勉强，而王勃写的则是滕王阁上看到的真切场景，表达手法要高明得多，可谓点铁成金，超出前代。

5. 宫体诗。它的内容无疑是没落的，但为什么当时这么兴盛？当时风行"应制""应诏"之作，有指定的题目、

王勃《早春野望》诗意图

早春野望

王 勃

江旷春潮白，山长晓岫青。

他乡临睨极，花柳映边亭。

韵脚（命题限韵），咏的范围又是统治阶级的生活，这就糟蹋了诗的园地。但同时也要一分为二地看。当时也有一些并非是奉旨而写的，另有原因，就像花布上没有刀枪图案，要好看一点，所谓"仕女题材"，实际上也是一种图案。这就同骈体文用整齐的四六句来表达一样。这好比是演出中歌剧与话剧的区别，化妆与不化妆的区分。我们批判它"形式主义"容易，要讲清为什么这样，就难了。

　　总之，初唐四杰还没有能脱离宫体内容，还有奉诏、应制作品的痕迹，但还是迈开了一大步，是诗歌进入成熟时代的第一步。

　　研读唐诗，我建议先去翻阅下列书：胡应麟《诗薮》；胡震亨《唐音癸签》（《唐音统签》之一），清代季振宜有抄录、整理本；后清帝命任江宁织造的曹寅编刻了《全唐诗》，由扬州诗局印行；《全唐诗》亦未全，北大王重民先生根据敦煌藏经洞遗书录补了若干，"文革"前在《中华文史论丛》（1963年）登了一部分，"文革"后（大概是1978年）又由文物出版社的《文物资料丛刊》登了一部分。

　　何文焕所辑的《历代诗话》，属丛书的性质。这类书是把诗作打碎了讲，故不可多看，应该多读完整的作品。

　　研究唐诗，还必须把《文选》翻一翻，看它选的诗和小赋作品，小赋就应当作古诗来念。陶渊明的诗，《文选》选得不多，还应该翻翻《陶渊明集》，了解全貌。

第三讲　李白和杜甫

　　李、杜优劣，在他们当时就有人争论（请看杜集前的
《杜工部墓系铭》）。之后争议不断（如钱谦益所注杜诗序），
到了现在，郭老（沫若）的《李白与杜甫》可以讲是争论的
高峰了。我认为李、杜二人肯定不同，优劣也有，但不能简
单拿人来分。各人都有自己的优劣、高低，应该再"切一
刀"，就比较合适了。唐代元稹作过杜甫的墓系铭，最后认
为李不如杜："则李尚不能历其藩翰，况堂奥乎？"（见《全
唐文》卷六五四）这是他的偏见。郭老的书，刊印当时我没
有时间看，到现在也没有看见。我只知道两件事，一是李出
生于碎叶，一是传讲李都好，杜全要不得。我想郭老不会那
么绝对，但毕竟他是扬李抑杜。

　　今天如何具体看李、杜两家？我认为不能简单从优劣来

立论，不要存主见，要以这两家作品的特点来分析。

一、先谈李白

今天我们看到的李白诗集共二十五卷，卷一、二是古诗，卷三至五是乐府（用古题），卷六至八是歌吟（仍然是乐府性质，如《梁甫吟》），卷九至一二是赠，卷一三、一四是寄（其实也是赠），卷一五是留别，卷一六至一八是送，卷一九是酬答，卷二〇是游宴，卷二一是登览，卷二二是行役、怀古，卷二三是纪闲，卷二四是感遇（写怀），卷二五是题咏、杂咏、闺情。这样分并不科学，但大致可以看出一点轮廓。

李白诗的体格（形式、手法、风格）。第一类用的古体，连题目也是那样。李诗中赠答占了大量的篇幅，当然也有很好的，但作品太多了，其中许多必然会是真正的应酬之作。赠答中所采取的表达形式也仍然是前一代的乐府、歌行的形式（体裁）。所以说：李白诗的体格是用前一段旧的形式来表现新的内容。如抒发爱国忧民的情感，而这种思想的表达用什么形式？不是直接议论、描写，而是借用别的事物来表达，甚至不脱离古乐府中的事物，用它的内容、语言来

李白《峨眉山月歌》诗意图

峨眉山月歌

李　白

峨眉山月半轮秋，影入平羌江水流。

夜发清溪向三峡，思君不见下渝州。

表达，这是借用乐府的题材、形式，用曲折的方法来表达今天的感情。

李白有许多超世的思想（是道教思想，而不是道家思想，两者有区别）。北魏寇谦之搞得连衣冠服饰也是道教的，李白受了他很严重的影响，也希望飞仙升天、长生不老，故而说他有浓厚的道教色彩。当然，对此也应该一分为二：一是他在现实社会里找不到出路，可以理解；二是有助于他诗境的开阔。苏轼说："作诗即此诗，定知非诗人。"（柴按：此系《书鄢陵王主簿所画折枝二首》中的句子，现查苏集所载为："赋诗必此诗，定非知诗人。"）这是讲死于句下者定非诗人。诗要有理想，还应有幻想，允许虚构。李白讲求的神仙思想对开拓诗的境界大有好处，促进了诗的格局，丰富了手法。当然，另一方面也造成了一些作品思想内容的空虚，使人觉得单调。故李白全集中也有许多的"次等品"，选本中选的确是精华。我写了论太白诗的一首绝句："千载诗人首谪仙，来从白帝彩云边。江河水挟泥沙下，太白遗章读莫全。"说明了这种情况。又比如赠答的大部分诗的结尾语都归结于：勉励对方，神仙，劝人隐居，做官。本来，诗的结尾应该有余韵不尽，而李白这些诗却如此雷同。如："人生贵相知，何必金与钱。"（《赠友人》）"当结九万期，中途莫先退。"（《赠从弟》）又："人间无此乐，此乐世中稀。"（《赠历阳褚司马》）"桃花潭水深千尺，不及汪伦送我情。"（《赠汪伦宣州长史昭》）"汉东太守来相迎"（《忆旧游寄谯郡元参军》），等等。

李白用古调来表达思想的，如："齐有倜傥生，鲁连特高妙。明月出海底，一朝开光曜。却秦振英声，后世仰末照。意轻千金赠，顾向平原笑。吾亦澹荡人，拂衣可同调。"（《古风》其十）"澹荡"即"倜傥"，系连绵词，可查《辞通》。这和左思一样，必用古人的事情来讲，最后再点题。还有："西岳莲花山，迢迢见明星。素手把芙蓉，虚步蹑太清。霓裳曳广带，飘拂升天行。邀我登云台，高揖卫叔卿。恍恍与之去，驾鸿凌紫冥。俯视洛阳川，茫茫走胡兵。流血涂野草，豺狼尽冠缨。"（《古风》其十九）他先从山，写到仙，上天，下看，最后才看到这些景象。为什么不直接"当今洛阳川"如何如何呢？他不肯这样写，有他的道理，因为李白所采取的是旧的体格，而诗歌是要给人以形象，给人以比兴（陆游所称"兴象"），不好直接议论。他遵守的是汉魏六朝以来的诗歌形式，用借喻、引申的手法，借助人物故事来表达自己对现实的态度。

傲李以正笔意

杜甫《绝句》诗意图

绝 句

杜 甫

江边踏青罢，回首见旌旗。

风起春城暮，高楼鼓角悲。

二、杜甫怎么样

回答这个问题，要看看杜甫诗中都有些什么。宋刻杜集的编法是古体诗一部分，近体诗一部分。一至八卷为古体诗，九至一八卷是近体诗，后有一卷补遗，共一九卷。

杜诗的特点是不做乐府古题（或曰很少做），也不做旧格式。他自称"熟精《文选》理"，但做的诗既不像二谢（谢朓、谢灵运），也不像三曹（曹操、曹植、曹丕）。后人讲求"选体诗"，如清末民初的王闿运，专门模拟六朝诗。而杜甫是"不做《文选》体"。他也有专门咏物的诗题（如咏鹰、咏马），却并不死于句下，而是借题发挥，可以说他没有做真正的咏物诗。在体格上，古诗都是任意抒发，没有拘束于前代的体格。杜甫的律诗部分，论律调，非常精密，但有时却故意不合律，而是为"吴体"（"强戏为吴体"）。但大部分是写得非常精密，其内容也没有受格律的束缚。（相比之下，李白很少做律诗，很少有几首，也不讲究对仗。）杜诗又丰富了诗的格律（长律、短律，合律、不全合律）。闻一多先生讲做律诗是"戴着脚镣跳舞"，而杜甫是掰开枷锁当武器用。

杜诗在思想内容上很少谈他的幻想，不吹大气，偶尔情不自禁地吹了一下："窃比稷与契"，前边又必须加上一句："许身一何愚！"他的"三吏""三别"也是写故事，不是"古事"，而是他自己亲身经历的一件事，很深刻地批判了社会的黑暗。他的《诸将五首》也是议论当时事情的，他说："多少材官守泾渭，将军且莫破愁颜。""洛阳宫殿化为烽，休道秦关百二重。……朝廷衮职虽多预，天下军储不自供。稍喜临边王相国，肯销金甲事春农。"这种直接议论时政的在杜诗中很多。

杜甫有没有咏物的诗？也有，如："黄四娘家花满蹊，千朵万朵压枝低。留连戏蝶时时舞，自在娇莺恰恰啼。"（《江畔独步寻花七绝句》其六）"繁花容易纷纷落，嫩叶商量细细开。"（同上，其七）这虽然完全是诗人眼中看到的景物，但通过他的嘴说出来，已经带上了主观的色彩，不是纯客观的东西了。（如"自在""商量"，故后来姜夔写："数峰清苦，商略黄昏雨。"就是受了杜诗的启发。）

杜诗的开头、结尾，千变万化，都不相同。（李白较六朝诗进步，陆游的结尾写得最差。）李白喜欢拿古人来写自己，杜甫有时也写自己，可是他的比拟与一般不同，如："庾信生平最萧瑟，暮年诗赋动江关。"（《咏怀古迹五首》

其一）用庾信来暗喻自己，这比李白又灵活得多了。

　　李、杜诗相比，其实可以分为两类。体格上，李白继承的多，杜甫是开创的多；思想上，李白对现实表现自己的抱负、见解，都是曲折的，借古体、古题、古事来表达，而杜是率直的，意思也并不浅。相反地，在抒发理想方面，李是率直的，杜却是曲折的。李白是"继往"（李白之前没有这样的诗，但细分析起来，都是继承以往的），得出的效果（给人的印象）是"独创"，前无古人，是"往"的终结。从唐初往上推，最后的终结是李太白。如咏物不离物的手法还是传统的，不能不受具体事物的约束，他不敢也不愿意脱离这个事物而完全发挥自己的意思。（犹如六朝人的玄言诗风，使王羲之等人的兰亭诗最后也归结到玄言，也要依傍现成的老庄论点。）如李白的《蜀道难》，极力描述蜀道的艰难，刻画得具体、形象，始终不敢放弃"蜀道难"这三个字。而杜甫则不然，诗歌形式虽可以用"旧"，但在敢于"闯"（创）的方面，正是与李白不一条路。他是事物为我用，以表达诗人的主旨、感情为主，使其成为表达感情的资料和手段。例如"吴楚东南坼，乾坤日夜浮"（《登岳阳楼》），有人只讲这里"炼字"好（坼、浮），说得就浅薄了，诗人是把它（大环境）作为自己感情的寄托："亲朋无一字，老病有孤舟。戎马关山北，凭轩涕泗流。"所处环境越宽广，就越显得孤舟之单。六朝人写："大江流日夜，客心悲未央。"说穿了还是很浅。李后主就要好得多："问君能有几多愁？恰似一江春水向东流。"（《虞美人》）而杜甫的"感时花溅泪，恨别鸟惊心"，以致有人争论谁溅泪、谁惊心？正说明它的丰富。北周庾信的《小园赋》说："草无忘忧之意，花无长乐之心，鸟何事而逐酒，鱼何情而听琴。"比较起来，杜甫所写更概括，更少而精了。杜甫以前，运用这种手法的很少。

杜诗的许多篇章之间有联系（如《秋兴八首》《咏怀五首》等），同时又是走到哪儿写到哪儿，看到什么写什么，这在汉魏六朝也很少。

可以说，杜诗是未来的开始（当然李白诗对后人也有影响），他做诗的整套办法是前所少有的。

可见李、杜比较，不在优劣。这也就使我们明白了为什么元稹要讲那样的话（见本讲开头所引），因为在元稹的时代，再用旧体诗来写新事物已经不行了，所以他认为杜甫适应当时的需要，而李白不能适应。但历史主义地看，李白的高明之处也是前人所无法比拟的。至于两人思想中的爱国忧民、反映现实、揭露矛盾，则哪个也不低。

李白的集子至今没有多大变化，因为编年困难，就沿袭了以前的分类方法。有宋人缪刻本，它的底本正是蜀刻本。有南宋杨齐贤注本、元朝萧士赟注本，清代有王琦注本，则包括了杨、萧二人之注。

杜诗宋刻本的编法已是古体、近体。后代有清钱谦益注本，编法还是根据宋本。钱有一位助手朱鹤龄，根据宋人黄鹤、鲁訔千家注杜及鲁訔编的年谱排诗，但有些诗根本无年代可考查，也勉强地去编排，就反而不科学了。（商务印书馆有《续古逸丛书》，里边的杜诗就接近最早的编排形式，即宋刻本的原貌，没有按"年代"编。）鲁訔的年谱把许多杜诗都说成是天宝以前所写，就不对了。（缪刻本李集注《蜀道难》"讽章仇兼琼"，而后来的注本却说"讽明皇幸蜀"，但此诗作于李白早年，不可能讽"明皇幸蜀"。）闻一多先生有《少陵先生年谱会笺》较好。仇兆鳌的《杜诗详注》也按年代来编排，大致还不错，也有附会之处。仇注毕竟详细（钱注不够），却又显得琐碎。（当代詹锳先生有《李白诗文系年》，当然也没有把李所有的诗文都塞进去。）

说杜诗"无一字无来历",仇注就把杜诗割裂得不成样子;又将杜诗没有的思想附会进去(如讲"每饭不忘君"),就很不实际。这都是仇注的毛病。

又有九家注杜本(有武英殿聚珍本),哈佛、燕京学社的《杜诗引得》即据此。宋本已失,只留下一些底子,字大注小。较好的有《杜诗镜铨》,清人杨伦注,简明扼要。

第四讲　丰富多彩的中晚唐诗歌

先念两首诗，其一是《古诗十九首》之一：

行行重行行，与君生别离。

相去万余里，各在天一涯。

道路阻且长，会面安可知？

胡马依北风，越鸟巢南枝。

相去日已远，衣带日已缓。

浮云蔽白日，游子不顾返。

思君令人老，岁月忽已晚。

弃捐勿复道，努力加餐饭。

其二是韦应物的《拟古诗十二首》其一：

　　辞君远行迈，饮此长恨端。

　　已谓道里远，如何中艰险。

　　流水赴大壑，孤云还暮山。

　　无情尚有归，行子何独难。

　　驱车背乡园，朔风卷行迹。

　　严冬霜断肌，日入不遑息。

　　忧欢容发变，寒暑人事易。

　　中心君讵知，冰玉徒贞白。

　　为什么念这两首？下面再讲。

　　人们一排初、盛、中、晚，好像优劣就不言而喻了，这也对，也不对。当然盛唐在诗人的文化教养上，不仅继承了前代的东西，而且大胆、勇敢地吸收了外族文化，变为自己的营养，诗人、作品欣欣向荣。天宝安史之乱又给诗人以新的刺激，用丰富的文化营养来反映动荡的生活，就产生了很精美的作品（如李、杜）。安史之乱过去后，唐王朝下趋没落。藩镇虽还有动乱，但表面上是安定下来了。这就产生了中唐后的一批诗。诗的题材、内容，比较前一段时候是单调了，而诗人的手笔也必然地随着内容有所变化，游宴、享乐

韦应物《寄诸弟》诗意图

闲居寄诸弟

韦应物

秋草生庭白露时，故园诸弟益相思。

尽日高斋无一事，芭蕉叶上独题诗。

等也写入诗中，较平淡，没有大的激动人的内容。但前面有那么多的好作品，后面的诗人也得有自己的出路，姑且不说科举考试的刺激（这种说法有些道理，但并不都因为那样）。这个时期诗歌的总趋势是因为生活单调了，题材也就薄弱了，就要在技巧、手法上加工得更精细一些。气魄弱下来，但是精雕细琢。因此，从诗歌的精美角度讲，中晚唐诗人的成就是不能否定的，不能都像明朝人要求的那样"实大声宏"。

如我们前面所念的两首诗，后一首韦应物的《拟古》之作模仿得很像，但起承转合很精细，不像前一首的有什么讲什么，古朴而粗糙。前者壮实，后者瘦弱。韦应物系学陶（渊明）一派，写田园风景，讲究古澹（如韩愈所咏："有琴具徽弦，再鼓听愈淡。"认为要古就须"淡"），但不敢粗糙，而有他特殊的艺术手法。

第一，中晚唐诗没有以前那样的内容，因为他们的生活中没有那样的感受。"大历十子"比起李、杜来显得平庸无奇，但没法要求他们。作诗与批判斗争、大辩论不同，必定要符合诗歌的特点，是有韵的语言，是讲求形象的作品。

第二，诗歌要反映生活，"思想性第一，艺术性第二"，但不能没有艺术性。一个作品要反映生活斗争，但不能没有艺术创作；反映现实，但不能整个儿端出来，要消化后才能反映得好。评论古代文学作品，不仅是内容问题，而应该去探讨用什么手段去表现这些题材。文学史不应只是题材史、内容史。题材、内容不等于全部的思想性，思想性好，也不能代替艺术性。中晚唐诗也不可能完全脱离社会，其风格弱，也反映了当时唐代社会衰弱下来。可以从他们的作品看中晚唐社会的没落；同时又从他们作品的精雕细刻看李、杜开创的力量。

第三，唐代诗歌直接反映现实、批判现实的，首推杜甫、白居易的作品。中晚唐以后，也有反映边塞生活、反映人民疾苦的作品。除了反映阶级矛盾、压榨剥削和藩镇割据的，在重新统一的短暂时期，也有反映封建贵族生活奢靡的作品，也不可轻视。

中晚唐诗人的作风特点：其一，不论什么题材，手法趋向精细；其二，在体裁、风格上，有一点互相"争夺或躲让"（阵地）。如韦应物的诗基本上都是五言；李贺未做古乐府题材；孟郊也都做五言古诗，但做得苦涩；许浑流传下来的基本上是律体。这是因为他们觉得自己力量不够，所以专搞一面，对体格有所选择，有意识地避开一些体格。

大历、元和时，诗坛很繁荣。（"大历十子"指哪十人，有不同说法，也是文人互相标榜、形成小集团的产物。）我们可以承认大历时的诗歌有一个风格，加工越多，体格越弱（如韦应物、孟郊、李贺；韩愈是"吹胡子瞪眼睛"，还是装横），内容也有平庸的一面，但题材面还是很广的。中唐诗人首先要推前面提出的韦应物。刘禹锡、卢纶等也值得一提。至于孟郊，此人近于书呆子、神经病，好钻牛角尖（《唐才子传》上说他"多伤不遇，年迈家空，思苦奇涩，读之每令人不欢"）。如他的《闺怨》："妾恨比斑竹，下盘烦冤根。有笋未出土，中已含泪痕。"《游子》："萱草生堂阶，游子行天涯。慈亲倚堂门，不见萱草花。"最后的结语很怪。至于"借车载家具，家具少于车。借者莫弹指，贫穷何足嗟"（《借车》），更是又怪又涩。卢仝、马异的诗是字面怪，而读孟郊的诗就像看一出悲剧，实在难受，字面上倒还是平正通达的。这种境界，是盛唐诗人所没有的。

李贺拟古乐府，但有时并不管原先有无这个题目，如《高轩过》；有许多是生造的语言。这种情况在中晚唐不少，却不好懂。（毛主席喜欢三李的诗，但主席的诗"声入心通"，这给我们很大启发。）李贺诗王琦有注，仍不好懂。孟郊诗如橄榄，苦涩；李贺的诗则像泡制过的橄榄。

卢纶，《中国文学史》引了他这首诗：

> 云开远见汉阳城，犹是孤帆一日程。
>
> 估客昼眠知浪静，舟人夜语觉潮生。
>
> 三湘衰鬓逢秋色，万里归心对月明。
>
> 旧业已随征战尽，更堪江上鼓鼙声。

（《晚次鄂州》）

他还有两首，一是《曲江春望》：

> 菖蒲翻叶柳交枝，暗上莲舟鸟不知。
>
> 更到无花最深处，玉楼金殿影参差。
>
> 翠黛红妆画鹢中，共惊云色带微风。
>
> 箫管曲长吹未尽，花南水北雨濛濛。
>
> 泉声遍野入芳洲，拥沫吹花上碧流。
>
> 落日行人渐无路，巢蜂乳燕满高楼。

卢纶《山中》诗意图

山中一绝

卢　纶

饥食松花渴饮泉，偶从山后到山前。

阳坡软草厚如织，因与鹿麛相伴眠。

一是《和张仆射塞下曲六首》其二：

> 林暗草惊风，将军夜引弓。
>
> 平明寻白羽，没在石棱中。

上面三诗，第一首委婉，第二首如画，第三首巧妙、雄壮，风格不一，不像一人所作。诗人写自己没有生活体验的东西，往往装入典故以代替自己的生活，有些则委婉写出，不大声疾呼，这正是中晚唐诗人的特点。

刘禹锡，其诗爱发议论。这可以说是开了宋诗议论的头。如《戏赠看花诸君子》：

> 紫陌红尘拂面来，无人不道看花回。
>
> 玄都观里桃千树，尽是刘郎去后栽。

又有《再游玄都观》：

> 百亩庭中半是苔，桃花净尽菜花开。
>
> 种桃道士归何处，前度刘郎今又来。

《唐书》刘禹锡本传讲这几首诗是在发牢骚，讥讽政敌，恐怕未必。（钱大昕的《十驾斋养新录》对此有辨析。）但这两首诗不明加议论而又实有议论则是肯定的。（唐人王播就有类似诗篇，叙述之中透出踌躇满志。）又有一首《与歌者米嘉荣》：

> 唱得凉州意外声，旧人唯数米嘉荣。
>
> 近来时世轻先辈，好染髭须事后生。

愤慨不平到近乎骂人，却用摇曳之调写出。这种手法在李、杜集中则不见。

赵嘏，开了陆游诗派的先声。他作诗有时"有句无篇"，中间两联很精美，而前后往往很一般，如他的《长安秋望》中的名联为人称道："残星数点雁横塞，长笛一声人倚楼。"全诗其他句子却无甚新意。陆游诗亦有"芳草有情皆碍马，好云无处不遮楼"这样的联语，巧妙而有色泽，全诗却很一般。

温庭筠比李商隐大几岁，《旧唐书·文苑传》说他"士行尘杂，不修边幅"，故而"累年不第"，这不公平（其实柳永、晏殊也是如此）。但讲他"能逐弦吹之音，为侧艳之词"，确实手笔很快。他也有长篇五古、五律，很像杜（甫）诗，写得冠冕堂皇，却又比杜加工、打磨得细腻。李商隐也如此，他的《韩碑》（咏韩愈为裴度所作之碑因小人谗言被推倒磨掉事），就学了韩愈的《石鼓歌》。他写许多当时的事件，却用了许多细腻的典故。李商隐有许多"无题诗"，如：

> 飒飒东风细雨来，芙蓉塘外有轻雷。
>
> 金蟾啮锁烧香入，玉虎牵丝汲井回。
>
> 贾氏窥帘韩掾少，宓妃留枕魏王才。
>
> 春心莫共花争发，一寸相思一寸灰。

其实这不是什么谜语（另一首《无题》中的"刘郎已恨蓬山远，更隔蓬山一万重"，可以对照后来《西厢记》里的"系春心情短柳丝长，隔花阴人远天涯近"），正说明晚唐诗人的手法是如何的细腻。温庭筠也有这样的诗句："昔年曾伴玉真游，每到仙宫即是秋。曼倩不归花落尽，满丛烟露月当楼。"（《题河中紫极宫》）说明晚唐诗人确有他生活没落颓废的一面，但诗的手法却细腻得可以入曲子唱。

关于司空图，他做的诗也很多，但已大部分像宋人之作。他的《诗品》二十四篇，每篇十二句，用抽象的比拟来形容诗的境界，很空，却又有其特殊成就。诗中有些话没法很好理解，以诗论诗，是很不容易的，因为要当作文艺评论来讲是另一种类型了。我则认为他又是借评论来做诗，是二十四首四言诗，值得细看。《诗品》为何在此时出现？说明晚唐诗人对诗的分析、讲求，曾经大费一番功夫、气力。这也就可以理解晚唐诗人的作品为什么会那样细腻，因为他们确实对诗下过一番深入思考的功夫。

今天讲韩愈与白居易。

韩愈做过总题为《秋怀》的十一首诗，今天先选抄其中二首：

> 彼时何卒卒，我志何曼曼。
>
> 犀首空好饮，廉颇尚能饭。
>
> 学堂日无事，驱马适所愿。
>
> 茫茫出门路，欲去聊自劝。
>
> 归还阅书史，文字浩千万。

陈迹竟谁寻，贱嗜非贵献。

丈夫意有在，女子乃多怨。

（《秋怀诗十首》其三）

卷卷落地叶，随风走前轩。

鸣声若有意，颠倒相追奔。

空堂黄昏暮，我坐默不言。

童子自外至，吹灯当我前。

问我我不应，馈我我不餐。

退坐西壁下，读诗尽数编。

作者非今士，相去时已千。

其言有感触，使我复凄酸。

顾谓汝童子，置书且安眠。

丈夫属有念，事业无穷年。

（《秋怀诗十首》其八）

　　文学发展到了唐代，出现了很精美的形式。"诗必谈盛唐"是不对的。韩、白是中、晚唐很突出的大家，要看他们的全集，可以得出这两家确实了不起的结论。中唐以来要以

· 059 ·

韩、白为大家。他们所处的时代是唐代第二次统一以后，社会毫无疑问地仍然有矛盾，藩镇割据的局面也仍然有，但不像"安史之乱"搞得面那么大。皇宫内部的权力逐渐都集中到了宦官的手中。甚至有好几个皇帝都是太监立、太监废，但还不至于使全国人民大翻个儿。当时朝臣与太监的矛盾与东汉时一样，是封建统治阶级争夺权力必然的规律。但人民生活有一个相对安定的时期，文化也重新呈现出一种繁荣的景象，但是与盛唐时代是不同的了。李、杜的文化教养是安定的前代培育出来的。而中唐以后，虽不像李、杜那样蓬勃，也还是茂盛的，只是顺序地、慢慢地生长。在质量上，是精密、细致的，打磨得光滑、漂亮、细致了。在艺术水平上，他们并不比李、杜后退，应该是进了一步，提高了一步，出现了一种有意识地自己走一条路，自创一种风格。因为前边的路子已经被走得很广、很宽了，要另找一条路来走。韩愈在一首（写给张籍的）诗中讲："李杜文章在，光焰万丈长。不知群儿愚，哪用故谤伤。蚍蜉撼大树，可笑不自量。伊我生其后，举颈遥相望。"李、杜已经成为定论之大家，既要维护李、杜，又要自创新路，因而要加新、加密、加精，自韩、白以来就出现了诗歌创作的新局面。

韩愈《北楼》诗意图

北 楼

韩 愈

郡楼乘晓上，尽日不能回。

晚色将秋至，长风送月来。

一提韩愈，很容易联想到"文起八代之衰""复古""以复古为革新"等评价，又似乎一定是板起面孔，古奥得很，读他的作品的选本也会有这种印象。其实，剥开现象，全面地看他的作品，得出的结论恰恰相反。他并不要那样的古奥，而是力求口语化。他是反对那些骈体文，用一种标准化的口语来代替。他自己的诗文也尽力那样去做。尽管"腔调"古奥，而语言则能使大家理解。上面抄的《调张籍》诗看来完全是表达自己的志愿、嗜好、情感，和韦应物的模拟古诗十九首及陈子昂、张九龄的感遇诗完全不一样。后一首《秋怀》写他与童子问答的生活小片断，写出了自己的志愿、理想，继而发展出一种感慨，也还比较积极。从艺术手法来讲，这种格局是前人所未有的：小中见大。韩愈一方面以"道统"自居，其实也不然。看他的《石鼓歌》："陋儒编诗不收入，二雅褊迫无委蛇。孔子西行不到秦，掎摭星宿遗羲娥。"（说孔子编诗尽选零星星宿，却丢掉了日月。）居然拿孔夫子开玩笑。这在《诗经》被尊为经的时代，是离经叛道的。（可参看郭沫若的《石鼓文研究》）《石鼓歌》的语言本身也是十分通俗的。

韩愈和同时代人比，他比孟郊、李贺要明白清楚。凡是发表至理名言都是明白清楚的；凡是说不明白的，那说明他自己也不明白。孟郊、李贺苦涩之处是缺点。看文艺作品，如果哪点特别突出，没准也正是他的不足所在。如模拟古人作品，凡是模仿得非常相像之处，也正是毛病所在。孟郊、李贺诗的苦涩之所以是缺点，道理也在于此。而韩愈则不同，做到了文从字顺。

总之，韩愈的诗已经开辟了议论为诗的风气，到宋人则专门说理。诗中说理，韩开了路，宋人延续着走下去。以文为诗，又以诗为文，这是韩愈的特点。

诗、词、曲，风格应该不同。有人写诗像词，作词像曲，就不好。文要直接说出理由，诗是用艺术语言，摆出许多形象，任你感受。文好比讲演，诗好比交响乐（从中感受形象，聆听"高山流水"之音）。词在当时是小唱，好比流行小曲。曲是表演剧中人形象，是代言的，因而风格亦不同。故韩愈这个人还很有研究的余地。

【隔了一周，启功先生在讲了唐代的民间文学之后，又补充讲了韩愈的"以文为诗"和"以诗为文"】

白居易《友人夜访》诗意图

友人夜访

白居易

檐间清风簟，松下明月杯。

幽意正如此，况乃故人来。

韩愈是把文章说理的逻辑性注入诗歌，尽量排除装饰字面的因素。其实白居易也何尝不是以文为诗？当然宋代的苏（轼）、黄（庭坚）也都是。将很难说的道理加入诗中。苏轼甚至于"以文为词"，姜夔则更厉害。是文、诗交融，文、词交融。

何谓"以诗为文"？他即便是撰写碑铭墓志，经过很简略，只是集中地写某几件事情，形象鲜明，这不是汉魏以来的传统碑铭写法，而是诗的手法，即选取典型事件，用咏叹调口气来叙述。后来苏轼、欧阳修也用这种手法（如欧的《醉翁亭记》）。柳宗元的《永州八记》里也有作者自己的形象。

白居易

他所处的时代稍晚于韩，唐朝的政治衰败表现得更多了，矛盾也更尖锐化了。因而白诗反映的许多内容要尖锐得多。白居易提出了诗文要为事、为时而作，这在当时是很难得的。他的诗自己分类为讽喻诗、闲适诗，等等，《新乐府》《秦中吟》等属于讽喻诗。他为什么这样公开标出呢？因为皇帝一度提出"纳谏"，所以白"指陈朝谏"，手法又委婉、巧妙，用最后两句点题，手法一律，让统治阶级可以谅解。

他还怕不保险，分类时又特地标上"讽喻诗"三字，可谓煞费苦心。杜甫的"三吏""三别"则不同。这也说明杜、白所处地位的不同。杜毕竟在逃难避乱过程中是一个没有官职的人（《哀江头》首句便自称"少陵野老"），后来才给了闲散官称（到成都后由严武"表为节度参谋、检校工部员外郎"）；白居易则不然，他做到太傅，是统治阶级的上层成员。白的诗反映了不少现实问题，而后来皇帝不让讽谏了，他也就不敢写了，转而写"闲适诗"。《中国文学史》上讲讽喻诗积极，闲适诗消极，一刀两断，这不确切。闲适诗也能反映一部分现实，而讽喻诗也有"退步"之处。因此也能从讽喻诗中看出白的软弱面，从他的闲适诗中看出政治的衰落面。不能笼统地分积极、消极。

　　李、杜在前，韩、白在后。我们说杜甫和白居易均是从盛唐到中唐能反映现实、写民间疾苦的诗人。但是杜甫和白居易有所不同：杜是有什么说什么，如"三吏""三别"；而白则是有安排的，先写什么，后写什么。（当然也并非杜毫无艺术的安排，但在写作内容上毕竟率直。）白做了政治上的选择，给最高统治者留有余地。杜甫则无措词安排。在手法上，杜变化多，不同事件用不同写法，不像白那样最后"一结见意"。杜甫较自然，而白居易费经营、费考虑。

再讲白居易与元稹的比较。他们二人有不少互酬诗，次韵写就，也可以作一比较。总的看，白居易是毫不费事，举重若轻；元稹的就比较费劲，不如白诗好懂。因为白的口语化又比韩愈进了一步，韩偶尔还有古奥的语言。白是能不用典就不用典（王国维在《人间词话》里讲《长恨歌》中只用了一个典故"小玉双成"，而清代吴伟业的长篇歌行中满篇典故）。将复杂的事情轻松地写出来，这很不容易，语言是共同的财富，要用各种各处的人都懂的书面语言写出来才好。然而，又有人讲白居易做诗要"求解于老妪"（见钱易《南部新书》），这恐怕是误解。但从求浅显的标准看当然是对的。白的好处就在于举重若轻，而且用语巧妙，非常难押的韵，他也处理了。（但有一点："削去一字押韵"则不好。）总之，值得进一步探索。

韩愈与"古文"

"古文运动"的"运动"二字实在太厉害了，韩当时恐怕还够不上"运动"。

韩愈的《南阳樊绍述墓志铭》说："惟古于词必己出，

降而不能乃剿贼。后皆指前公相袭，从汉迄今用一律。"他这样恭维樊宗师，也对也不对。一味模仿不对，但若"词必己出"，别人看不懂，谁也不懂，就不对了。"语"可以己出，"词"则要考虑通行。韩愈自己也不是全模拟古代的，细看其文，并不复古，还是用当时生活中的通用语言。如《祭十二郎文》写的都是生活实际情形，语言并不难懂。韩文破了骈四骊六的庸俗旧套，树立了易懂通用的书面语言。他力求做到书面语言的统一、干净，功劳不在复古，而是倡行一种书面语言。古代真正的口语是不能写进书面的。如《汉书·外戚传》写赵飞燕中有审案过程，真正是汉朝当时口语，看不懂。又如六朝梁任昉的《奏弹刘整》（见《全梁文》卷四十三）中写审奴婢经过的原始记录，完全是南朝口语，不好懂。《（北）周书》中宇文护母亲的信也是口语，同样不好懂。"书经"（《尚书》）中最难懂的也是口语（"周诰殷盘"）。这说明了书面语言与口语的距离。在唐朝，口语的规范化很重要，韩愈事实上提倡了这个东西。而当时的另一种文体的作品就是唐传奇，其实也是用标准书面语言来写故事。传奇是传记的小说化，是《国策》《史记》的延续发展，也正是韩、柳文风所要追求的。有人将唐传奇与古文运动结合在一起谈，因为对于陈腐旧套，它们都是一种"反动"，是口语的书面化。后来继承了这一传统的是晚明小品与《聊斋》；后来又传到桐城派（方苞、姚鼐）与阳湖派（张惠言、恽敬）。章太炎讲桐城派的好处就在于"文从字顺"，确实如此。方苞作八股最有名。这一派学唐宋八大家。到清末，梁启超加以改良，突破古文格局，形成了"《新民丛报》体"。到"五四"运动则又倡导用"白话文"了。那一千多年的书面语言实际都从韩、柳传下来。其中阳湖派则小有不同，常写些"经济"（经世）文章，亦即现在所说的政、经文章，不大空讲道理。一千多年来，封建社会没变，文体也不变，到了"五四"时期就不行了。我们现在讲的"白话"，已经是口语的书面化了。只有书面的语言才能在文章中通行，故曰："言之无文，行之不远。"（"之乎者也"的"之"，古无舌上音，念de；"乎"，古无轻唇音，念ma，故"父"读"爸"；"者"也是"的""这"，古无舌上音，念de；"也"即呀、邪、耶。古代文言符号变了，语音没变。）古语跟古文言关系很密切。可见书面语并非自然的口语。所以，与其说唐代的"古文运动"，不如说是"唐代书面语运动"。（唐代也有大量用口语写的东西。）

　　下次讲唐代的民间文学作品，请大家先看看：《敦煌变文集》；郑振铎《中国俗文学史》；向达《唐代长安与西域文明》中的《唐代俗讲考》。（所谓"俗讲"，见诸文字，也已经是俗话的书面语了。）

第五讲　唐代的民间文学

首先声明：传统区分"雅""俗"的说法并不合适。《尔雅》之"尔"——迩、昵、妮，近也。"雅"——宜也。"雅语"，即合乎语法，有出处。"俗"又是什么？即民间的、共同的，统治阶级认为不合"风雅"的东西。其实"雅"的部分，也基本上来自民间。（以"如意"的来历为例说明。）唐代的"俗文学"，即指书面流传的民间文学（如刘禹锡的《竹枝词》）。20世纪初，敦煌藏经洞出土了一大批古代写本，原是唐和尚贮藏的典籍，后有许多被（英）斯坦因、（法）伯希和劫走。其中的许多"俗文学"作品，其实并不是敦煌当地的文学，有的是讲故事的（如唐太宗入冥记、刘家太子传、韩朋赋、秋胡故事、孔子项橐问答、燕子赋、晏子赋、伍子胥故事、孟姜女故事、捉季布传文等），更大部分是讲解佛经的故事（讲经文、变文），还有曲子词。基本上有这三大类。

一、民间、历史故事

这部分什么体裁都有：说说唱唱（间韵间散）、全说无唱、全唱无说。其中自署为"赋"的作品要特别注意，很像赋体，为什么？可见汉代冠冕堂皇的"赋"原先也是民间的东西。（自唐至清，科举也要考赋。）是"无伴奏"说唱（诵）的东西。（《汉书》上讲司马相如是狗监杨得意举荐的："蜀人杨得意为狗监，侍上。上读《子虚赋》而善之，曰：'朕独不得与此人同时哉！'得意曰：'臣邑人司马相如自言为此赋。'上惊，乃召问相如。"可见司马相如原来也是在民间搞说唱文学的。）赋应是一种朗诵文学。《文心雕龙》上讲："赋者，铺也。"这是从手法上讲，即是天南地北地往下说。敦煌发现的赋作，也说明原来"赋"正是民间的体裁，以后为统治者所用，"升格"了。屈原的《离骚赋》又是什么？他"游于江潭，行吟泽畔"（《渔父》），"行吟"，实际上就是边走边唱，与乞丐几无两样。故《离骚赋》原是民间的说唱文学，后来则"升格"为"离骚经"了。

《燕子赋》反映了当时社会的矛盾和黑暗。(其中所述"官不容针私容车""人急烧香，狗急蓦墙"等，均是当时俗语。)《捉季布传文》基本上是七字一句，很像弹词。又有《李陵变文》等，写叛将之事，这也和唐代河西的政治、军事形势有关。变文中有些词语较难懂，许多是同音假借。如"恍如大石陌心珍"，"陌"即"蓦"；"珍"乃"镇"。如"将表呈时潘帝嗔"，"潘"即"拌"之借字，亦"拼"也，豁出去的意思。

二、变文

"变"，应是相对"经"而言。经，正常，正体；变，不正常，变体。因而有经，才有变。还有"变相"(图)，即把经典故事用画表现出来。用文(学)的形式讲经讲故事，叫变文。("讲经文"是讲整部经，讲一个故事称"变"。)不能将所有的敦煌俗文学故事都叫做变文。正经的变文是佛教宣传教义的通俗讲述和求得施舍的手段(听者也以为可以赎罪)。佛教又可称为"像教"，采用形象说理，既有说服力，又带有神秘感，还有音乐感。(如韦应物《经少林精舍寄都邑亲友》诗云："鸣钟生道心，暮磬空云烟。")

使人肃然起敬（六根、六尘、六净）。甚至连本是和尚坟也成为装饰品——塔，成为标志。（苏轼诗："山水照人迷向背，只寻孤塔认西东。"）用艺术来辅助他的宗教宣传，故有变文、变相、佛乐，等等。

敦煌变文从文章内容来讲很高明，许多是铺陈、隐括，值得吸取、借鉴（如我们可将后来的《西游记》与《降魔变》做对照）。往往将一些无中生有的东西写得很生动、形象。佛教宣讲佛经要制造一种气氛，如高座都讲的仪式。这和近代和尚放"焰口"（瑜伽焰口施食）接近。变文值得我们注意的倒是它的文学手法。我反对认为什么都是从外国来的观点。诚然佛教本来不是中国的，但佛经译本却是中国自己的，是被我们吸取后融化了。而且中国也有完全自造的佛经，如六祖惠能的《坛经》，在敦煌也有写卷流传。

我认为敦煌变文里较好的还有《维摩诘经讲经文》《八相变》《破魔变》《欢喜国王缘》等。

三、民间小唱：敦煌曲子词

敦煌出来的曲子词本身价值不一定很高，但却可以使我们知道在唐代曲子词的真实面目，知道文体的演变，诗、词、曲之间的关系。曲子词当时的字数并不像后来的词那么固定，是比较灵活的。唐人也有唱五、七言绝句的（如"旗亭唱诗"的故事所记载），但用叠句方法来打破四句的局限，曲子词就灵活得多，流行也广泛了。我觉得曲子词是受了西北少数民族的影响（在甘州、凉州一带尤其突出），也可能原先还吸收了更远地区民族的乐调。后来，影响了文人，他们也学过来并大量创作。

我们可以拿敦煌曲子词集与《花间集》对照，后者"文雅"得多，但曲子词灵动，后者就显得呆板了。这些曲词，当时很流行，脱口而出，天然、活泼。到了宋朝，口头上还很自然。宋以后，则板起了面孔，成为了一种固定的格式。从敦煌曲子词，我们可以看出词的早期的民间状态。

【启功先生下一周的课是《谈"八股"》，此从略。接着又特地补充讲述了"怎样做古诗词"】

怎样做古诗词

要学习做古诗词，首先必须了解有关音韵的知识。隋代陆法言等几个人编了《切韵》，将字音分为各韵部。"我辈数人，定则定矣!"好处在于统一语音，坏处在于约束人。至宋朝，编成了《广韵》，有两百多部；到金，又合并若干，成一百六十部（《五音集韵》）、一百零六部（《平水韵》）。以我看来，《广韵》分得太细，到清代通行的《佩文韵府》（一百零六韵），还是嫌细。（如之、支、脂，从深到浅，差别细微。）

现在做古诗，需要了解《切韵》中的"类隔"，即反切的上字与所切之字有轻、重唇或舌头、舌上的区分，有所隔碍。（凡声母、韵母皆同者谓之"音和"。）如古无轻唇音，"父"（fu），古音念pa（爸），以后则逐渐转变为fa、fu；如"福"字，古音也念"逼"（po、pie）。又如"眉"，武悲切，"武"即mu，故"文"念men。"类隔"到"音和"实际上可认为是一个发展过程。如"微管仲"，即"没（有）管仲"的意思。又，古无舌上音，如"之"，古音念de，即"的"。前次已说过，这里就不多讲了。

古音、训是有关联的，如"女墙"即（睥）睨墙（nu、ni）；"雉"（zhi）即"堞"（die）也。

你们可以试试作一作古诗，这对于理解这种艺术品的特色还是有好处的。做古诗，须注意以下几个基本的条件

（要求）：①调子，即四声声调（平仄）；②对偶（实际上是符合语言规律性的一种习惯），不仅字面对，声调上也要对。（可参看《声律启蒙》一书。）③有这样一句俗语："诗从胡诌起。"要敢做；又曰："熟读唐诗三百首，不会吟诗也会吟。"因而应该敢写，多练习写。（不必迷信古人，如杜甫的诗也有讲不通的，"丛菊两开他日泪，孤舟一系故园心"，怎讲？）

《中华新韵》是按"十三辙"系统编的。"等韵"（韵母的等呼）有"韵摄"，即"辙"，也就是把韵腹、韵尾相同或相近的韵部归并成一辙，二百零六部就归并成十三辙。

举个例子，贾岛的《寻隐者不遇》（一说为孙革《访羊尊师》诗）：

　　松下问童子，（起）

　　言师采药去。（承）

　　只在此山中，（转）

　　云深不知处。（合）

律诗第一句可以不入韵，只是相近（"撞声"），称之

"孤雁入群";末一句也可以出韵,称之"飞鸟出林"。如杜甫的《秋兴八首》其一:

> 玉露凋伤枫树林,巫山巫峡气萧森。
>
> 江间波浪兼天涌,塞上风云接地阴。
>
> 丛菊两开他日泪,孤舟一系故园心。
>
> 寒衣处处催刀尺,白帝城高急暮砧。

其第一、二、四、六、八句的"林""森""阴""心""砧",押侵、覃韵,现与真、先韵相混,m、n收声。而入声则用g收尾,前有p、t、k。

再简单介绍几种工具书。辽代和尚行均编有《龙龛手镜》(宋代改为《龙龛手鉴》),按偏旁分部,部首、部中之字均以四声为序。《康熙字典》大家熟知,分得这么细,是从当时的西洋传教士金尼阁(1577—1628,法国人)作《西儒耳目资》而来。查典故可用《佩文韵府》、《古今图书集成》(雍正时修)、《渊鉴类函》(康熙时修)。

最后提一句:"诗话"一类的书,可提醒人,但也会误人,故曰"可看亦不可看"。

附录一　启功讲唐代诗文

（启功先生撰写的讲课提纲）

1.文学史不可不读，不可太读。

2.居高临下。

3.背景与文艺成就。

4.题材与背景相合不是融化后的反映（题材内容的反映与开花结果不同，花开时肥料在土中已不见了）。如杜以初唐的果，写安史之事；韩、白是中兴后果。

5."切段"的不科学。政治与文艺的微妙关系。（动荡破坏的反映易，繁荣昌盛的反映迟。）

唐代——

1.初盛中晚说的问题（恰当又不恰当：初是隋统一的反映，盛是安史之乱后才成熟，中晚精美是中兴后的结果。）

2. 骈文的作用（文，非笔；装饰性）。

3. 古文运动的前后（先驱、成熟；补骈文之不足、古文之不足；骈散统一之公文体；唐代之八股；《史通》，孙过庭，陆贽）。

4. 传奇的作用（温卷等说之非）。碑、传、志等官样文章之解放，史笔之真传在于写生活之真实。

5. 外来影响说。（传统中国文学影响了佛经翻译，非倒置的；禅宗与清谈。变文亦无印度影响；敦煌俗文学非只变文。）（佛教思想于文学中有影响、反映，但未变革了文学本身。文学是以语言为主，佛思想不能变革语言。图画、雕刻以形状为主，故能生吞，但亦尚未全吞而反遭华化。）

唐诗初盛略论——

1. 唐诗是诗的成熟壮盛时期。

"诗"的广义概念，永无止境。但就其形式范围言，则有发展过程及盛衰之变。既变之后，不得不变，故有宋词、元曲诸体，知"诗"（狭义的）以唐为最成熟时期也。

袁宏道（中郎）云"唐人之诗，无论工不工，第取读之，其色鲜妍，如旦晚脱笔研者；今人之诗虽工，拾人饤饳，才离笔研，已成陈言死句矣。"

唐人诗何以熟、何以新？请与其前者比较之。

2.汉魏六朝诗的成就程度。

《诗经》如小儿学语，朴实天真，但不是"长歌咏叹"。毛主席说"没有诗味"，拆穿了说，未免杀风景，但亦不可避免。"窈窕淑女，君子好逑"与"郎才女貌"、"门当户对"诸俗语有何区别？略有风致如"昔我往矣，杨柳依依；今我来思，雨雪霏霏。"稍有风致，惜不多。《世说新语》推"讦谟定命，远猷辰告"，等于念西番神咒。

汉魏、西晋人诗，直说目前事物，直吐自己思想，是好事，但太实。如"左眄澄江湘，右盻定羌胡。功成不受爵，长揖归田庐。"今日如说"南击越南，北抗苏联，退还奖品，回到家园。"尚能算诗否？此表达思想之浅薄者。又如"言论准宣尼，辞赋拟相如"，"著论准《过秦》，作赋拟《子虚》。"今日考卷中应得几分？

只有曹操"对酒当歌"一首有满不在乎之气派，《西洲曲》有缠绵的情调，同其超脱，同是民间色彩。艺术品来自生活，又要高于生活。此（类）的诗，能来自生活，未能完全高于生活。

陶渊明，能把愤慨的说得平淡（辞彭泽令说为奔妹丧，离开彭泽，却回到家门。公然说谎，却那么天真。非必如此，此举其例）。把贫困说得富有。不说尽，使读者有思考余地。如画牡丹富丽堂皇，但全幅无空地则是锦缎图案。

王粲：南登灞陵岸，回首望长安。出门何所见，白骨蔽平原。

杜甫：夔府孤城落日斜，每依南斗望京华。回首可怜歌舞地，秦中自古帝王州。

张舜民：醉袖抚危栏，天淡云闲。何人此路得生还，回首夕阳红尽处，应是长安。

辛弃疾：西北望长安，可怜无数山。

《诗经·卫风·硕人》：肤如凝脂，领如蝤蛴，齿如瓠犀。

曹植：延颈秀项，皓质呈露。丹唇外朗，皓齿内鲜。

李商隐：巧笑知堪敌万几，倾城最在著戎衣。晋阳已陷休回顾，更请君王猎一围。

总之，唐以前诗，如动植物生长，缓慢不易觉，但仍有其幼稚状。以手法论，有不消化的硬块。

3.唐前期诗比其前的（汉魏六朝）进步，但仍有余波。例如：

倦采蘼芜叶，贪怜照胆明。两边俱拭泪，一处有啼声。

（张文恭《佳人照镜》）

弄巧成拙。略可见唐初人想超出平实旧套。

张九龄《奉和圣制过王濬墓》：

汉王思巨鹿，晋将在弘农。入蜀举长算，平吴成大功。

与浑虽不协，归皓实为雄。孤绩沦千载，流名感圣衷。

万乘度荒陇，一顾凛生风。古节犹不弃，今人争效忠。

试与刘禹锡《王濬楼船》一首相比则知其工拙如何。

唐初有二类诗值得注意：

A.五言抒情说理，变自阮籍派，皮薄易解。

B.七言长古。长庆之先驱。

C.律诗格调成熟。

D.表达技巧进步。如送别。

李白与杜甫

1.二人有不同，应肯定；优劣，亦各有之。但不能简单分。

2.自元稹作杜甫墓系铭，即有抑扬，扬杜抑李；听说郭老有书，扬李抑杜。郭书我未看。我只谈我的看法。

3.今日如何具体看二家，不能先从"优劣"观念着眼、立论。不要存主见。

4.应先从二家作品特点来看：

a.二家风格（包括采取的形式和手法）方面：李多古体，多古乐府题，有赠答，有专咏题。在体裁、格局方面比较不脱离前代的程式。杜不作乐府古题，亦不作旧格式。也有专咏题，但只是借题发挥感情，没有真咏物诗。体格上：古诗任意抒发，不拘六朝规格。律诗调子精熟，内容随手、任意，没有受格律约束处，而有丰富了格律处。

b.思想表达方面：二家俱有爱国忧民之心，不成问题，但表达方法不同。李好谈求仙、超世的思想，少有直接议论时政国事的，有之，亦是在某一旧有诗格、旧有诗题中露出此类内容，如《蜀道难》，不管是指何人何事，总是关心国事。但必在乐府题材之中，借以发挥。又如《永王东巡歌》，亦以歌颂永王而使人看到其背景。杜不谈幻想，不吹大气（"窃比稷与契"之下说"许身一何愚"），无古题，"三吏""三别"即直接揭露，"诸将"即直接议论。

c. 这并非抑李扬杜。事实上，风格方面，李是继承的
多，杜是创造的多。思想方面，在政治上李是曲折
的，杜是直率的。在理论上，李是直率的，杜又是
曲折的。

李是继往的终结，杜是开新的起始。李之继往，非无创
新，此已于上次讲唐人与唐以前之比较中说过。杜之创新，
非无继承，这更明显不待言。

所谓"往"，即是汉魏六朝直到初唐，表达方面有一重
要情况，即是诗不能超脱于事物之上，不能不受事物的始末
的约束。不敢或不能不顾事物的本来面目。例如说桌子，必
要说四条腿，说一平面。即六朝玄言诗，亦必将玄理抬出，
唯恐人不理解，譬如不肯把桌子当床，而实正浅薄。即如李
之《蜀道难》，必先说蜀道，极力描写其难，归结为忧虑割
据。此是"往"的特点之一。

"新"是事物为我用，以诗人主旨、情感为主，事物都
是表达这种情感的手段，是火的燃料。桌子可以当床，亦可
以当木筏、当船。如"吴楚东南坼，乾坤日夜浮"，后人只
惊其用字之奇，不知其重要处是能把吴楚乾坤当作自己情感
的反映。六朝人"大江流日夜，客心悲未央"，已称名句，

但与此相较，灵与实立可判断。"草无忘忧之意，花无长乐之心，鸟何事而逐酒，鱼何情而听琴？"（庾信《小园赋》）"感时花溅泪，恨别鸟惊心"，多少人评论、解释，辩论是人见花而溅泪，还是花如人之溅泪。实不必辩，此时花与人是一体的，十字包括极丰富而又复杂的内容，既非咏花，亦非咏泪。此种境界，是李和李以前所没有的。

此非评优劣，而是论诗歌文学发展的阶段。

丰富多彩的中晚唐诗人

1.诗歌异于演说，异于辩论，异于骂阵，异于批判斗争发言。因其为一种有韵的语言，形象的手段，是一种艺术品。

2.文学艺术应该反映现实，这是马列主义毛泽东思想的在文艺上的主要论点之一，也是首要的一条。但如何理解这个原理，却有不同的表现。有些文学史和作品选本，只谈、只选作品中谈当时的阶级矛盾、人民生活的一面，不错，是应该的，但所谓"反映现实"，是否即专指这一种手法？是否专指这方面的题材？毛主席说《红楼梦》是封建社会的一面镜子，但在从前也曾有人批判《红楼》曾把女学生引向林黛玉，当然可以理解，毛主席的话是在十年以后说的，而《红楼梦》中又确实写了些含含糊糊的男女爱情。由于其不纯粹，不明快，也没有交代明白这是阶级矛盾，就觉得不够条件了。要知道批判用的大字报，当然是篇篇刀剑，字字风霜，但所用的纸，还是五颜六色的。

3. 唐代诗歌，直接批判现实，反映现实的，要推杜甫、白居易，但他们的内容，毕竟是用诗歌形式表达的，如果专从内容论，一篇篇的调查报告，哪里有什么矛盾、什么痛苦、什么流亡，都比杜、白详尽，岂不都是杜、白？

4. 唐代中期，再次统一，在文化教养上，有以前一段的基础，有前边若干诗人、诗作的借鉴。在生活上，有当时一段相对的安定。在矛盾上，也有一些藩镇割据和皇帝的奢靡。但比起天宝时代的大动乱，究竟是好得多了。

5. 在这时诗歌的创作上，便有几种不同的现象：不论何种题材，其手段都趋向精致。不知是有意是无意，各家采取的风格道路有互相避让而又竞争的情况，出现专用或多用一类体格的诗人，最明显的如韦应物、孟郊、李贺、许浑……

6.大历诗人，不仅止"十才子"，几子几子之说，是封建时代互相标榜的一套无聊的说法。其实不但不能以"十子"概括，即"大历"也不能概括前后一段的风格。"十子"的名字又互有出入。

7.现在要谈的有：韦应物、孟郊、李贺、刘禹锡、卢纶、赵嘏、李商隐、温庭筠。

中唐，诗路前已极富，不标奇，不足以自立而胜人。加细加精，因而加弱。内容由于生活较平定而平庸，既无动荡斗争，又无出色题材，即此即是其时代现实，亦其阶级生活的现实反映。

〇中唐诗人首推韦应物。陶派，五言为主，精细。（整理者按：以下所举诗例，启功先生往往只写出句首二字，现予补全。）

古诗（十九首之一）：行行重行行，与君生别离。相去万余里，各在天一涯。道路阻且长，会面安可知？胡马依北风，越鸟巢南枝。相去日已远，衣带日已缓。浮云蔽白日，游子不顾返。思君令人老，岁月忽已晚。捐弃勿复道，努力加餐饭。

刘禹锡《夜泊湘川》诗意图

酬瑞州吴大夫夜泊湘川见寄一绝

刘禹锡

夜泊湘川逐客心，月明猿苦血沾襟。

湘妃旧竹痕犹浅，从此因君染更深。

拟古（韦，十二首之一）：辞君远行迈，饮此长恨端。已谓道里远，如何中险艰。流水赴大壑，孤云还暮山。无情尚有归，行子何独难。驱车背乡园，朔风卷行迹。严冬霜断肌，日入不遑息。忧欢容发变，寒暑人事易。中心君讵知，冰玉徒贞白。

○孟郊。苦涩。士人出路艰难。橄榄。五言。"慈母手中线"。闺怨："妾恨比斑竹，下盘烦怨根。有笋未出土，中已含泪痕。"游子："萱草生堂阶，游子行天涯。慈亲倚堂门，不见萱草花。"

○李贺。拟古乐府。语言生造风气。新路。读之费思考。孟（郊）如绿橄榄，李（贺）如红橄榄。

○卢（纶）。"云开远见汉阳城，犹是孤帆一日程。估客昼眠知浪静，舟人夜语觉潮生。三湘愁鬓逢秋色，万里归心对月明。旧业已随征战尽，更堪江上鼓鼙声。"（《晚次鄂州》）又："鹫翎金仆姑，燕尾绣蝥弧。独立扬新令，千营共一呼。"（《和张仆射塞下曲六首》其一）又："菖蒲翻叶柳交枝，暗上莲舟鸟不知。更到无花最深处，玉楼金殿影参

差。"(《曲江春望》其一)

○刘禹锡。"王濬楼船下益州，金陵王气黯然收。……
故垒萧萧芦荻秋。"(《西塞山怀古》)又："紫陌红
尘拂面来，无人不道看花回。玄都观里桃千树，
尽是刘郎去后栽。"(《戏赠看花诸君子》)又："百
亩庭中半是苔，桃花净尽菜花开。种桃道士归何
处？前度刘郎今又来。"(《再游玄都观》)又："唱
得凉州意外声，旧人唯数米嘉荣。近来时世轻先
辈，好染髭须事后生。"(《与歌者米嘉荣》)

○赵嘏。"云物凄凉拂曙流，汉家宫阙动高秋。残星几
点雁横塞，长笛一声人倚楼。紫艳半开篱菊静，
红衣落尽渚莲愁。鲈鱼正美不归去，空戴南冠学
楚囚。"(《长安秋望》)又"两见梨花归不得，每
逢寒食一潸然"。(《东望》)"杨柳风多潮未落，蒹
葭霜冷雁初飞"。(《长安月夜》)"高鸟过时秋色
动，征帆落处暮云平"。(《齐安早秋》)"征车自入
红尘去，远水长穿绿树来"。(《登安陆西楼》)(陆
游："芳草有情皆碍马，好云无处不遮楼。")

○李商隐。(有)"韩解"。又有以典故喻当时政治，今

只读其精细之作。（即"韩解"貌似粗豪，比韩《石鼓歌》仍细腻。）"飒飒东风细雨来，芙蓉塘外有轻雷。金蟾啮锁烧香入，玉虎牵丝汲井回。贾氏窥帘韩掾少，宓妃留枕魏王才。春心莫共花争发，一寸相思一寸灰。"（《无题》）又同题："刘郎已恨蓬山远，更隔蓬山一万重。"（"系春情短柳丝长，隔花人远天涯近。"）

○温（庭筠）。长篇五律。杜法，加细。"昔年曾伴玉真游，每到仙宫即是秋。曼倩不归花落尽，满丛烟露月当楼。"（《题河中紫极宫》）

○司空图《诗品》。

韩与白

韩（愈）

1. 中唐以后韩、白为大家。

2. 时代为唐代再统一之后的时期。

3. 文化呈新气象，由蓬勃而粗糙到强壮而精密。

4. 在艺术水平上，出现进一步的提高；在各家风格上，出现竞争的局面。

5.提韩文，联想到"周诰殷盘，诘屈聱牙"，实则不然，更口语化。韩诗亦然。

6.韩诗比杜诗精密句整。

7.《秋怀》，《石鼓歌》，绝句。

8.比孟郊、李贺清楚明白，至理名言都能懂。特点过于突出的都是不足之处。在李、杜之后要自立门户，自走新路。

9.韩"以诗为文，以文为诗"。文、诗、词、曲之分（文如讲演，诗如交响乐，词是流行小唱，曲即戏）。

白（居易）

1.白所处时代稍晚于韩，唐政治由盛向衰。

2.提出合为时为事而作的主张，（是）对的，但提出宣言，已是恐人不理解（这是悲剧）。

3.白自己不全是讽谏诗。当皇帝求谏，以纳谏自称时，白作讽谏诗；当统治者收了，白就（作）闲适（诗）了。

4.从表面看，讽谏是反映现实，闲适是个人情绪，但在今日读时，应看："作讽谏诗"是现实之一，也是官僚（地主阶级文人）特点之一，闲适诗亦如此，在今日读者眼中，都是唐代历史现实之一。

5.杜作"三吏""三别"，不必标"讽谏"字样，以在野人士，看到就说；白则以朝官论时政，如不标明"讽谏"，则成"讪谤"。

6.白亦未能完全为事而作。

7.白与杜比较——

a.杜直说，白有安排，杜只是为自己见到的不平事，白须表示明白是为规谏朝政。

b.杜不安排，是顺事件的发展，不管自己的地位；白则安排，以一结见意。从艺术上论，杜任自然，白费经营。

8.白与元（稹）比较。元诗中有不融化处，白全无痕迹；元白同一题、同一韵，互看自知。

9.老妪求解说。

韩与古文

1.何谓古文？对骈文而言。骈为文，散为笔。

2.骈的弊，古的利。

3.骈易作，古难作，如文言易，白话难。

4.韩、柳之前，陈子昂、独孤及、权德舆……俱有摹古痕迹。

5.所谓古，古语汇、古语法，有其当然，无其所以然。

6．韩、柳的特点，在古的外貌，通用的语言。

7．当时书（面）、口语俱难懂，公文则好懂。六朝奏弹，《汉书》外戚传、赵飞燕传等皆口语，皆难懂。

8．口语的规范化。

9．传奇是《国策》《史记》的延续与发展，《聊斋》确有继承和发展。

10．与其说古文运动，不如说标准规范化的运动。

11．唐宋八家都是些线索。

12．所谓书面话，如报纸体，今日报纸并非如实的口语。

13．唐宋八家的规格与八股。《古文观止》是八股的零件。

14．八家以来至桐城（派）的功过，"五四"（运动）"打倒桐城谬种、选学妖孽"，但"古文"之功，不在其为桐城阳湖，而在其为通行书面语。生活丰富了，词汇多了，变成新民丛报体，再变为"五四"以后的白话。实则韩、柳即当时的改良派，非复古，非革新，而是创造通行书面语。

八股

来源于经文。

1.a.正反面人物问题，不能以标签看形象，不能以名称看文章。

b.内容与形式问题，为内容选用形式，非内容能变为形式。

c."临去秋波那一转!"

2.八股之反动有三方面：a.形式公式化；b.内容为统治者所需要，使思想深入于教条，无中生有（"答曰"）；c.一切束缚。

3.八股基本形式：a.各部分名称；b.各种禁忌，犯上、犯下等；c.割裂（圣人语，虽一字亦有大道理）、截搭等。

4.八股为何能通行？各种条件和因素。

a.逻辑性强，说事理深入透辟。

b.从习惯中提炼而来，说事理，分点，分方面，有起结。

c.文章骈、散的运用。

d.义理、词章、考据。

e.代古人立言，有声、色、形象、感情，如戏剧中人，

"入口气"。

　　f.利禄途径。

　　g.清康熙时曾废二事：缠足、八股，王士禛等请求恢
复，习惯势力，愿走熟路。（科学与孔孟、八股。）

　　h.汉输标准思想有力工具。朱（熹）注。廉价的漏斗。

杜甫《江畔独步寻花》诗意图

江畔独步寻花

杜 甫

黄四娘家花满蹊，千朵万朵压枝低。

留连戏蝶时时舞，自在娇莺恰恰啼。

附录二　启功论唐诗绝句（八首）

综　论

唐以前诗次第长，三唐气壮脱口嚷。

宋人句句出深思，元明以下全凭仿。

论李太白诗

千载诗人首谪仙，来从白帝彩云边。

江河水挟泥沙下，太白遗章读莫全。

论杜子美诗（之一）

主宾动助不相侔，诗句难从逻辑求。

试问少陵格郎玛，怎生红远结飞楼。

论杜子美诗（之二）

地阔天宽自在行，戏拈吴体发奇声。

非唯性僻耽佳句，所欲随心有少陵。

论杜子美诗（之三）

"昔有佳人公孙氏，一舞剑器动四方。"

便唱盲词谁敢议，少陵威武是诗皇。

论韩退之诗

语自盘空非学仙，甘回涩后彻中边。

三唐此席谁祧得，诗到昌黎格始全。

论白乐天诗

路歧元相岂堪俦，妙义纷纶此际求。

境愈高时言愈浅，一吟一上一层楼。

论温飞卿、李义山诗

袅枝啼露温钟馗，水腻花腥李玉溪。

恰似赏音分竹肉，从来远近莫能齐。

下编　唐宋词

韦应物（737—792）

韦应物，京兆长安人。少以三卫郎事明皇，晚更折节读书。永泰中，授京兆功曹，迁洛阳丞。大历十四年，自鄠令制除栎阳令。以疾辞不就。建中三年，拜比部员外郎。出为滁州刺史。久之，调江州，追赴阙，改左司郎中。后出为苏州刺史。应物性高洁，所在焚香扫地而坐。唯顾况、刘长卿、丘丹、秦系、皎然之俦，得厕宾客，与之酬倡。其诗闲澹简远，人比之陶潜，称陶韦云。

调笑令

胡马，胡马，远放燕支山下。跑沙跑雪独嘶，东望西望路迷。迷路，迷路，边草无穷日暮。

《调笑令》，一名《宫中调笑》，一名《转应曲》，一名《三台令》。

《史记·匈奴传》：出陇西，过焉支山。《索隐》：匈奴失二山，乃歌云：……失我燕支山，使我妇女无颜色。

〔案〕焉支山，一名燕支山，一名胭脂山，在甘肃省删丹（今山丹）县南。

白居易（772—846）

白居易，字乐天，下邽人。贞元中，擢进士第，补校书郎。元和初，对制策，入等，调盩厔尉、集贤校理。寻召为翰林学士，左拾遗，拜赞善大夫。以言事贬江州司马，徙忠州刺史。穆宗初，征为主客郎中、知制诰。复乞外，历杭、苏二州刺史。文宗立，以秘书监召，迁刑部侍郎。俄移病，除太子宾客分司东都，拜河南尹。开成初，起为同州刺史，不拜。改太子少傅。会昌初，以刑部尚书致仕。卒赠尚书右仆射，谥曰文。自号醉吟先生，亦称香山居士。与同年元稹酬咏，号元白。与刘禹锡酬咏，号刘白。

长相思

汴水流，泗水流，流到瓜洲古渡头，吴山点点愁。

思悠悠，恨悠悠，恨到归时方始休，月明人倚楼。

此词似为白居易自叙其行止、寄内之作，约当作于苏州刺史任上。

"汴水"，在河南荥阳县北受黄河之水，至商丘县南，东南流，经安徽宿、灵璧、泗诸县入淮。

　　"泗水"，源出山东泗水县，在陪尾山，四源并发，故名。西南流，历曲阜、滋阳（今兖州）、济宁诸县入江苏省境，经沛县、铜山、泗阳诸县至淮阳县入淮。

　　〔案〕白居易生于新郑，长于徐州，后又作杭州刺史，故首三句云云。

　　"瓜洲渡"，在今江苏江都（今扬州）南的瓜洲镇。

　　"吴山"，在今浙江杭县（今杭州），有瑞石洞、飞来石等名胜。

温庭筠（约812—866）

温庭筠，本名岐，字飞卿，太原人。宰相彦博裔孙。少敏悟，才思艳丽，韵格清拔。工为词章小赋。与李商隐皆有名，称温李。然行无检幅，数举进士不第。思神速。每入试，押官韵作赋，凡八叉手而成，时号温八叉。徐商镇襄阳，署为巡官，不得志去，归江东。后商知政事，颇右之，欲白用。会商罢相，杨收疾之，贬方城尉，再迁隋县尉卒。

忆江南

梳洗罢，独倚望江楼。过尽千帆皆不是，斜晖脉脉水悠悠，肠断白蘋洲。

〔编者案：宋词创作与唐代诗人的词作关系密切，故而启功先生讲宋词先从唐朝白居易、韦应物、温庭筠、皇甫松、冯延巳、成幼文的词作说起。兹据《全唐诗》补上韦、白、温三人生平简介。温、皇甫二人词只作例子出，未作注释。〕

皇甫松（生卒年不详）

睦州新安人（今浙江建德附近）。行事已无可考，父为皇甫湜。他的词现存十余首。

采莲子二首

其一

菡萏香连十顷陂（举棹），小姑贪戏采莲迟（年少）。

晚来弄水船头湿（举棹），更脱红裙裹鸭儿（年少）。

其二

船动湖光滟滟秋（举棹），贪看年少信船流（年少）。

无端隔水抛莲子（举棹），遥被人知半日羞（年少）。

冯延巳（903/904—960）

一名延嗣，字正中，其先彭城人，唐末徙家新安，又徙广陵。事南唐，元宗以吴王为元帅，用延巳掌书记。保大初，拜谏议大夫、翰林学士，迁户部侍郎、翰林学士承旨，又进中书侍郎。四年，同平章事、集贤院大学士，罢为太子少傅。顷之，拜抚州节度使，以母忧去镇，起复冠军大将军，召为太弟太保、领濠州节，俄以左仆射同平章事，后因事罢，后复相，会疾，改太子太傅。建隆元年五月乙丑卒，年五十八，一作五十七，谥忠肃。

延巳喜为乐府词，有《阳春集》，以四印斋本为佳。

长命女

春日宴，绿酒一杯歌一遍。再拜陈三愿：一愿郎君千岁，二愿妾身常健，三愿如同梁上燕，岁岁长相见。

《长命女》，《能改斋漫录》卷十七引作《长命缕》，《花间集·和凝词》作《薄命女》。

成幼文（生卒年不详）

江南人，仕南唐，官大理卿，词不多见。

谒金门

　　风乍起，吹皱一池春水。闲引鸳鸯香径里，手挼红杏蕊。　　　　斗鸭阑干独倚，碧玉搔头斜坠。终日望君君不至，举头闻鹊喜。

　　《谒金门》，本唐教坊曲名，《古今词话》：因韦庄词起句，名《空相忆》；张辑词有"无风花自落"句，名《花自落》；又有"楼外垂杨如此碧"句，名《垂杨碧》；李清臣词有"杨花落"句，名《杨花落》；李石词名《出塞》；韩淲词有"东风吹酒面"句，名《东风吹酒面》；又有"不怕醉，记取吟边滋味"句，名《不怕醉》；又有"人已醉，溪北溪南春意，击鼓吹箫花落未？"句，名《醉花春》；又有"春尚早，春入湖山渐好"句，名《春早湖山》。

　　"挼"，《说文》："捼，推也；一曰两手相切摩也。"段玉裁校，改捼作挼，摧也，从手妥声；一曰：两手相切摩也。

"斗鸭阑干"，《宾退录》卷八云：冯延巳《谒金门》长短句脍炙人口，其曰斗鸭阑干独倚，人多疑鸭不能斗，余按《三国志·孙权传》注引《江表传》曰："魏文帝遣使求斗鸭，群臣奏宜勿与，权曰：'彼在谅闇之中，所求若此，岂可与言礼哉！'具以兴之。"《陆逊传》："建昌侯虑作斗鸭栏，逊曰：'君侯宜勤览经典，用此何为？'"《南史·王僧达传》："僧达为太子舍人，坐属疾而往杨列桥，观斗鸭，为有司所劾。"《新唐书·齐王祐传》："祐喜养斗鸭，方未返，狸龃鸭四十余，绝其头去，及败，牵连诛死者凡四十余人。"则古盖有之。

"鹊喜"，《开元天宝遗事》：时人之家，闻鹊声皆以为喜兆，故谓灵鹊报喜。

此词旧注云："《兰畹集》误作牛希济。"陆游《南唐书·冯延巳传》："元宗尝因曲宴内殿，从容谓曰：吹皱一池春水，干卿何事？延巳对曰：安得如陛下'小楼吹彻玉笙寒'之句。时丧败不支，国几亡；稽首称臣于敌，奉其正朔，以苟岁月，而君臣相谑乃如此！"

《古今诗话》云："江南成幼文，为大理卿，词曲绝妙，尝作《谒金门》云：'风乍起，吹皱一池春水。'中主闻之，因案稽滞，召诘之，且谓曰：'卿职在典刑，一池春水，又何干于卿?'幼文顿首。"与《南唐书》所载异；《词综》亦定为成幼文作，今从之。

柳　永（约987—约1053）

字耆卿，初名三变，字景庄，崇安人，仁宗景祐元年进士，官至屯田员外郎，世号柳屯田，有兄三复、三接，皆工文，号柳氏三绝。词有《乐章集》。

其一生行事，散见于后人笔记杂著中。《艺苑雌黄》云："柳三变喜作小词，薄于操行，当时有荐其才者，上曰：'得非填词柳三变乎？'曰：'然。'上曰：'且去填词！'"不得志，日与伎子纵游倡馆酒楼间，无复检率，自称云：'奉圣旨填词柳三变。'"《能改斋漫录》云："仁宗留意儒雅，务本向道，深斥浮艳虚华之文。初，进士柳三变好为淫冶讴歌之曲，传播四方，尝有《鹤冲天》词云：'忍把浮名、换了浅斟低唱。'及临轩放榜，特落之，曰：'且去浅斟低唱，何要浮名。'"

《避暑录话》云：永初为上元辞，自传禁中，多称之。后因秋晚张乐，有使作《醉蓬莱》词以献，语不称旨，改名永（今作三变误）。终屯田员外郎，死，旅殡润州僧寺。王和甫为守时，求其后不得，乃为出钱葬之。

又云：柳耆卿为举子时，多游狭邪，善为歌词，教坊乐工，每得新腔，必求永为词，始行于世，于是声传一时，余仕丹徒，尝见一西夏归朝官云：凡有井水处，即能歌柳词。

黄昇曰：永为屯田员外郎，会太史奏老人星见，时秋霁，晏禁中，仁宗命左右词臣为乐章，属柳应制；柳方冀进用，作《醉蓬莱》奏呈，上见首有"渐"字（古称病重曰渐），色若不怿；读至"宸游凤辇何处"，乃与御制真宗挽词暗合，上惨然；又读至"太液波翻"，曰：何不言波澄？投之于地，自此不复擢用。又曰：耆卿具于纤艳之词，然多近俚俗。

《方舆胜览》云：范蜀公尝曰：仁宗四十二年太平，镇在翰苑十余载，不能出一语歌咏，乃于耆卿词见之。仁宗尝曰：此人任从风前月下，浅斟低唱，岂可令仕宦？遂流落不偶，卒于襄阳，死之日，家无余财，群妓合金葬之于南门外，每春日上冢，谓之吊柳七。

叶润臣曰：《东南纪闻》云，耆卿死，葬枣阳县之花山。枣阳，今为襄阳府治，《湖北通志》不载枣阳有柳墓，亦无所谓花山者，宋王氏象之《舆地纪胜·丹阳府卷七》有花山，注东山亦名花山。元《至顺镇江志》卷七引《润州类集》，花山在州东北，今城东有花山寺可证，是润州确有地名花山者，当即柳墓所在，枣阳则丹阳之误耳。《全宋词·跋》云：汲古阁《秘本书目》载柳公《乐章》五本，注云：今世行本俱不全，此宋版特全，故可宝，然其所刻，实只一卷，粗率异常，非所藏之宋本柳公《乐章》也。清常道人赵元度焦弱侯本，及梅禹金藏明钞本，鉴止水斋藏明钞本，皆系三卷，汲古刻本，似从之出，惟不分卷耳。《四库全书》及吴仲佁覆刻毛本并未为善本，毛斧季用含经堂宋本及周氏孙氏两钞本校正，卷末续添曲子，乃宋本所无。词共二百零六首，较汲古所刻多十四首，然文字之间，陆纯伯所藏毛校本与劳巽卿所钞毛校本颇有乖违意，其间或经后人点窜者。杜小舫校《词律》，徐诚庵编《词律拾遗》，并举宋本，又与毛校不符；则毛校本之非宋刊，或可信也，缪小珊、曹君直和陆氏藏本梅禹金传钞本及诸选本，一再校勘，厥功甚伟。《彊村丛书》用劳钞本，并以焦本及诸本校，惟是之从，亦称精当。兹辑即用彊村本，惟续添曲子《瑞鹧鸪》（吹破残烟）一首，据《花草粹编》调作《鹧鸪天》，按律亦确为《鹧鸪天》。因改此一处。

予又从《类编草堂诗余》补《爪茉莉》（每到秋来）一首，《十二时》（晚晴初）一首，《女冠子》（火云初布）一首；从《花草粹编》补《凤凰阁》（匆匆相见）一首，至曹元忠所补《江梅引》（年年江上）一首，乃王观词；《三台令》（鱼藻池边）一首，乃王建词；《白苎》（绣帘垂）一首，乃紫姑词；《绛都春》（融和又报）一首，乃丁仙现词；《女冠子》（同云密布）一首，乃周邦彦词，兹并删去。

又《类编草堂诗余》卷四载耆卿《望梅》（小寒时节）一首，《历代诗余》卷七载耆卿《鼓笛慢》（雪霏冰结）一首，据《梅苑》所载，并不注名氏；《花草粹编》卷三载耆卿《清平乐》（阴晴未定）一首，据《乐府雅词》乃贺方回词，《广群芳谱》卷六十三载耆卿《满庭芳》（青幄高张）一首，据《全芳备祖》乃无名氏词，因亦不补入。

雨霖铃

寒蝉凄切，对长亭晚，骤雨初歇。都门帐饮无绪，留恋处、兰舟催发。执手相看泪眼，竟无语凝噎。念去去、千里烟波，暮霭沉沉楚天阔。　　多情自古伤离别，更那堪、冷落清秋节。今宵酒醒何处？杨柳岸、晓风残月。此去经年，应是良辰好景虚设。便纵有千种风情，更与何人说？

《雨霖铃》，或加"慢"字。

《词谱》云：《雨霖铃》，唐教坊曲名。《明皇杂录》："帝幸蜀，初入斜谷，霖雨弥日，栈道中闻铃声，采其声为《雨霖铃》曲。"宋词盖借旧曲名，另倚新声也。调见柳永《乐章集》，属双调。

"寒蝉"，《礼记·月令》："孟秋之月，……凉风至，白露降，寒蝉鸣。"郑玄注："寒蝉，寒蜩，谓蜺也。"孔颖达疏："《释虫》云：蜺，寒蜩。"郭景纯云："寒螿也，似蝉而小，青赤。"

"长亭"，庾信《哀江南赋》："十里五里，长亭短亭。"《海录碎事》："十里一长亭，五里一短亭。"

"都门"，东都门，当指汴京。

"帐饮"，《汉书·高帝纪》："上还，过沛，……张饮三日。"注："张晏曰：'张，帷帐也。'师古曰：'张音竹亮反。'"《疏广传》："上疏乞骸骨，上许之。公卿大夫、故人邑子设祖道，供张东都门外。"注："苏林曰：'长安东郭门也。'师古曰：'祖道，饯行也。'"

八声甘州

对潇潇暮雨洒江天，一番洗清秋。渐霜风凄紧，关河冷落，残照当楼。是处红衰翠减，苒苒物华休。唯有长江水，无语东流。　不忍登高临远，望故乡渺邈，归思难收。叹年来踪迹，何事苦淹留。想佳人、妆楼颙望，误几回、天际识归舟。争知我，倚阑干处，正恁凝愁！

　　《八声甘州》，《词谱》云："《碧鸡漫志》：《甘州》，仙吕调，有曲破，有八声，有慢，有令。按，此调前后段八韵，故名八声，乃慢词也，与《甘州遍》之曲破，《甘州子》之令词不同。《乐章集》亦注仙吕调，周密词名《甘州》，张炎词因柳词有"对萧萧暮雨洒江天"句（《词谱》所据柳词作《萧萧》），更名《萧萧雨》，白朴词名《宴瑶池》。"

　　"是处"，犹言处处或到处。

　　"红衰翠减"，李商隐《赠荷花》诗："此花此叶长相映，翠减红衰愁杀人。"

　　"苒苒"，同冉冉，缓貌。

　　"物华"，景物风光的简称。王勃《滕王阁序》："物华天宝，龙光射牛斗之墟。"

　　"颙望"，《说文》："颙，大头也。"《易经·观卦》：有孚颙若。马注："敬也。"盖颙由本义引申，则有举首凝神之意。

　　"天际识归舟"，谢朓诗成句，已见《谢朓诗选》。

　　"恁"，徐锴《说文系传》："恁，俗言如此也。"

范仲淹（989—1052）

宋吴县人。字希文，幼孤贫力学，大中祥符间，举进士，官秘阁校理。仁宗朝，以部郎擢知开封府，徙知饶州。元昊反，以龙图阁直学士与夏竦经略陕西。号令严明，西夏人不敢犯。羌人称为龙图老子，夏人称为小范老子。不久，召为枢密副使，进参知政事，复出宣抚河东、陕西，徙青州，转颖州。卒谥文正。仲淹才高志大，尝以天下为己任，其言曰：士当先天下之忧而忧，后天下之乐而乐。其抱负如此。

苏幕遮

怀旧

碧云天，黄叶地，秋色连波，波上寒烟翠。山映斜阳天接水，芳草无情，更在斜阳外。　　黯乡魂，追旅思，夜夜除非，好梦留人睡。明月楼高休独倚，酒入愁肠，化作相思泪。

《苏幕遮》，一作《鬓云松令》。《词谱》云："《唐书·宋务光传》：'比见都邑坊市，相率为浑脱队，骏马戎服，名《苏幕遮》。'

又，〔案〕张说集有《苏幕遮》七言绝句，宋词盖因旧曲名，另度新声也。"

王闿运曰："'外'字，嘲者以为江西腔，今江西人支、佳却分，且范是吴人，吴亦分真、泰也。正是宋朝京语耳。"

渔家傲

秋思

塞下秋来风景异，衡阳雁去无留意。四面边声连角起，千嶂里，长烟落日孤城闭。　　浊酒一杯家万里，燕然未勒归无计。羌管悠悠霜满地，人不寐，将军白发征夫泪。

原题曲名《破阵子》。

又，《破阵子》，《词谱》："唐教坊曲名。一名《十拍子》。〔案〕唐《破阵乐》，乃七言绝句。此盖因旧曲名，另度新声。"〔案〕仁宗庆历元年（1041），西夏入寇，宋以范仲淹、韩琦御之，疑此词为此时所作。

〔编者案：今《全宋词》存范仲淹词作五首，不见有《破阵子》之作，疑为《渔家傲·秋思》。〕

欧阳修（1007—1072）

庐陵人，字永叔，自号醉翁，晚号六一居士。举进士甲科，庆历年间（1041—1048），知谏院，论事切直。累官翰林院侍读学士、枢密副使、参知政事，屡为群小所构，遭罢黜，修志气自若，后出知青州，以事忤王安石，致仕归，卒谥文忠。修博通群书，诗文兼韩愈及李杜之长，为一代文宗，著有《新五代史》，又与宋祁等合撰《新唐书》。其后又编次其诗文为《文忠集》。

《全宋词·跋》云：双照楼影印宋本《欧阳修近体乐府》。三卷共一百九十三首，卷端有乐语，卷二有金陵阙名跋、朱松跋，卷三有罗泌跋，每卷之末，略有校记，毛本《六一词》，即从此出，目次亦同，唯不分卷，又删去《长相思》一首，《清商怨》一首，《蝶恋花》五首，《渔家傲》十四首，《应天长》一首，共二十二首，兹取宋本一百九十三首，而删去与他人相混之词三十五首，实存一百五十八首。又宋本《醉翁琴趣外篇》六卷，二百零三首，删去重复及误入者一百三十五首，余六十八首，即以补《近体乐府》，共得二百二十六首，复从《能改斋漫录》补《少年游》（阑干十二）一首，《东轩笔录》补《渔家傲》（断

句),《花草粹编》补《阮郎归》一首、《青玉案》一首,欧
词之可信者,具在于是矣。(按其间尚有伪作,如《醉蓬莱》
《望江南》是也,非尽公作,此说微误。)

长相思

深花枝,浅花枝,深浅花枝相并时。花枝难似伊。

玉如肌,柳如眉,爱著鹅黄金缕衣。啼妆更为谁。

踏莎行

候馆梅残,溪桥柳细,草薰风暖摇征辔。离愁渐远渐
无穷,迢迢不断如春水。　　寸寸柔肠,盈盈粉泪,楼高莫
近危阑倚。平芜尽处是春山,行人更在春山外。

《踏莎行》,韩翃诗"踏莎行草过春溪",词取以为名。
《词谱》:"金词注中吕调,曹冠词名《喜朝天》;赵长卿词名
《柳长春》;《鸣鹤余音》词名《踏雪行》,曾觌、陈亮词添字
者,名《转调踏莎行》。"

"候馆",《周礼·地官·遗人》:"五十里有市,市有候
馆。"郑注:"楼,可以观望者也。"贾疏:"聘礼及郊,又云

昔日孩提如今老大，搔首彩墙瓦

挂彩军究竟我为谁，千差万别非吾寿

诡貌自多般，像惟一霎，故吾浮此金

抛下开门撒手逐风花由人顶礼由人

骂

踏莎行　自题小照

一九八四年十一月十八日书　启功

启功《踏莎行》词

及馆，注云：'馆，舍也。远郊之内有候馆，可以小休止，沐浴。'《说文·食部》云：'馆，客舍也。'"

"草薰风暖"，《文选·江淹〈别赋〉》："闺中风暖，陌上草薰。"

浣溪沙

堤上游人逐画船。拍堤春水四垂天。绿杨楼外出秋千。

白发戴花君莫笑，六幺催拍盏频传。人生何处似尊前。

《浣溪沙》，"沙"或作"纱"，一作《浣沙溪》，《词谱》："唐教坊曲名，张泌词有'露浓香泛小庭花'句，名《小庭花》；贺铸名《减字浣溪沙》；韩淲词有'芍药酴醾满院春'句，名《满院春》；有'东风拂槛露犹寒'句，名《东风寒》；有'一曲西风醉木犀'句，名《醉木犀》；有'霜后黄花菊自开'句，名《霜菊黄》；有'广寒曾折最高枝'句，名《广寒枝》；有'春风初试薄罗衫'句，名《试香罗》；有'清和风里绿荫初'句，名《清和风》；有'一番春事怨啼鹃'句，名《怨啼鹃》。"

"绿杨楼外出秋千"，《能改斋漫录》：晁无咎评欧阳《浣溪沙》"绿杨影里出秋千"只一"出"字，自是后人道不

启功谈诗词

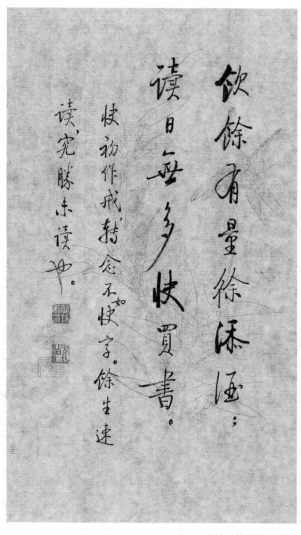

启功"快买书"联语

· 128 ·

到处。余按唐王摩诘《寒食城东即事》诗云:"蹴踘屡过飞鸟上,秋千竞出垂杨里",欧公用"出"字,盖本此。

"六幺",本唐时琵琶曲名。《碧鸡漫志》云:"六幺一名绿腰、乐世、录要。元微之《琵琶歌》云:'绿腰散序多拢撚';《唐史·吐蕃传》云:'奏凉州胡渭录要杂曲';段安节《琵琶录》云:'绿腰本录要,乐工进曲,上令录其要者。'白乐天《杨柳枝词》云:'六幺水调家家唱'。又《听歌六绝句》内《乐世》一篇云:'诚知乐世声声乐'。注云:'乐世,一名六幺。'或云此曲拍无过六字者,故曰六幺。今六幺行于世者四:曰黄钟羽,即俗呼般涉调;曰夹钟羽,即俗呼中吕调;曰林钟羽,即俗呼高平调;曰夷则羽,即俗呼仙吕调;皆羽调也。"《燕乐考原》曰:"唐时新翻六幺,属之七羽者,楚人以小为幺,羽弦最小,故声之繁急者,谓之幺弦侧调。考七羽一均为幺弦,自高般涉一调不用外,尚有六调,故谓之六幺;后遂因之以为曲名,所谓绿腰、录要者皆穿凿耳。"柳永"淡烟残照"词,《乐章集》注仙吕调,即《碧鸡漫志》所云羽调之一。

王安石（1021—1086）

临川人，字介甫，号半山。议论离奇，诗文险峭，中进士，神宗熙宁二年执政，封荆国公，立意改革政治，其党吕惠卿、曾布等左右之。创为农田水利、均输、青苗、保甲、募役、市易、保马、方田均税诸新法，先后颁行之，以求成过急，任用非人，而又遭守旧派巫力反对，功效未见，而弊端百出，遂自求补外卒。

《全宋词·跋》云：《彊村丛书》本《临川先生歌曲》十八首，系用宋绍兴刊《临川集》本。又补遗六首，系无著庵辑本。

渔家傲两首

灯火已收正月半，山南山北花撩乱。闻说涔亭新水漫。骑款段，穿云入坞寻游伴。　　却拂僧床褰素幔，千岩万壑春风暖。一弄松声悲急管。吹梦断，西看窗日犹嫌短。

平岸小桥千嶂抱，柔兰一水萦花草。茅屋数间窗窈窕。尘不到，时时自有春风扫。　　午枕觉来闻语鸟，欹眠似听朝鸡早。忽忆故人今总老。贪梦好，茫然忘了邯郸道。

《渔家傲》："千万壑春风暖"，"千"下原缺一字，据

《乐府雅词》补"岩"字。

"茫然忘邯郸道","忘"下原缺一字，亦据《雅词》补"了"字，至《乐府雅词》《梅苑》《花草粹编》，俱载《甘露歌》一首，实集句诗之误，集本删之是也。

桂枝香

金陵怀古

登临送目，正故国晚秋，天气初肃。千里澄江似练，翠峰如簇。归帆去棹斜阳里，背西风，酒旗斜矗。彩舟云淡，星河鹭起，画图难足。　　念往昔、繁华竞逐，叹门外楼头，悲恨相续。千古凭高，对此漫嗟荣辱。六朝旧事随流水，但寒烟、衰草凝绿。至今商女，时时犹唱，《后庭》遗曲。

《桂枝香》（金陵怀古），一本无此题。

《桂枝香》，又名《疏帘淡月》。

"澄江似练"，谢朓《晚登三山还望京邑》诗云："余霞散成绮，澄江净如练。"

"翠峰如簇"，韦庄诗："天畔晚峰青簇簇。"《广韵》："簇，小竹。"

"门外楼头"，杜牧《台城曲》："门外韩擒虎，楼头张丽华。"

"商女时时犹唱后庭遗曲"，杜牧《泊秦淮诗》："烟笼寒水月笼沙，夜泊秦淮近酒家。商女不知亡国恨，隔溪犹唱后庭花。"《南史·张贵妃传》："张贵妃名丽华，兵家女也。后主即位，拜为贵妃。后主每引宾客，对贵妃等游宴，则使诸贵人及女学士与狎客共赋新诗，互相赠答，采其尤艳丽者，以为曲调，被以新声，选宫女有容色者以千百数，分部迭进。其曲有《玉树后庭花》《临春乐》等，其略云：'璧月夜夜满，琼树朝朝新。'大抵所归，皆美张贵妃、孔贵嫔之容色。及隋军克台城，贵妃与后主俱入井，隋军出之，晋王广命斩之于青溪中桥。"

苏　轼（1037—1101）

字子瞻，眉州眉山人（今四川眉山县）。生十年，父洵游学四方，母程氏亲授以书。闻古今成败，辄能语其要。比冠，博通经史，属文日数千言，好贾谊、陆贽书；既而读《庄子》，叹曰："吾昔有见，口未能言；今见是书，得吾心矣。"

嘉祐二年（1057），试礼部，方时文磔裂诡异之弊胜，主司欧阳修思有以救之，得轼《刑赏忠厚论》，惊喜，欲擢冠多士，犹疑其客曾巩所为，但置第二，复以春秋对义第一，殿试中乙科，后以书见修，修语梅圣俞曰："吾当避此人出一头地。"闻者始哗不厌，久乃信服。五年（1060），调福昌主簿，欧阳修以才识兼茂，荐之秘阁。试六论，文义粲然。复对制策，入三等。自宋初以来，制策入三等，惟吴育与轼而已。除大理评事，签书凤翔府判官。关中自元昊叛，民贫役重，岐下岁输南山木筏，自渭入河，经砥柱之险，衙吏踵破家，轼访其利害，为修衙规，使自择水工，以时进止，自是害减半。

治平二年（1065），入判登闻鼓院。英宗自藩邸闻其名，欲召入翰林，知制诰。试二论，又入三等，得直史馆。会洵卒，求赠一官，于是赠光禄丞。

熙宁二年（1069）还朝，王安石执政，素恶其议论异己，以判官告院。四年（1071）安石欲变科举，兴学校，诏两制三馆议，轼上议反对。退，言于同列，安石不悦，命权开封府推官。轼决断精敏，声闻益远。会上元敕府市浙灯，且令损价，轼上疏请罢之。时安石创行新法，轼上疏论其不便，御史李定、舒亶、何正臣，摭其表语，并媒蘖所为诗以为讪谤，逮赴台狱，欲置之死，锻炼久之不决。神宗独怜之，以黄州团练副使安置。轼与田父野老，相从溪山间，筑室于东坡，自号东坡居士。三年，神宗数有意复用，辄为当路者沮之。遂手札移轼汝州；轼未至汝，上书自言饥寒，有田在常，愿得居之；朝奏，夕报可。至常，神宗崩。哲宗立，复朝奉郎，知登州，召为礼部郎中，迁起居舍人。轼起于忧患，不欲骤履要地，辞于宰相蔡确。

元祐元年（1086），轼以七品服入侍延和，即赐银绯，迁中书舍人。初，祖宗时，差役行久生弊，编户充役者，不习其役，又虐使之，多致破产，狭乡民至有终岁不得息者。王安石相神宗，改为免役，使户差高下出钱雇役，行法者过取，以为民病。司马光为相，知免役之害，不知其利，欲复差役；差官置局，轼与其选。轼曰：差役、免役，各有利害。公骤罢免役而行差役，正如罢长征而复民兵，盖未易也。光不以为然。寻除翰林学士。二年，兼侍读。每进读至治乱兴衰、邪正得失之际，未尝不反复开导，觊有所启悟。哲宗虽恭默不言，辄首肯之。因及时事，轼历言："今赏罚不明，善恶无所劝沮；又黄河势方北流，而强之使东；夏人入镇戎，杀掠数万人，帅臣不以闻；每事如此，恐浸成衰乱之渐。"三年，权知礼部贡举；四年，积以论事，为当轴者所恨。轼恐不见容，请外，拜龙图阁学士，知杭州。

既至杭，大旱，饥疫并作，轼请于朝，免本路上供米三之一，复得赐度僧牒，易米以救饥者。明年春，又减价粜常平米，多作饘粥药剂，遣使挟医，分坊治病，活者甚众。轼曰："杭，水陆之会，疫死比他处常多。"乃裒羡缗得二千，复发囊中黄金五十两，以作病坊，稍畜钱粮待之。杭本近海，地泉咸苦，居民稀少。唐刺史李泌始引西湖水作六井，民足于水。白居易又浚西湖水入漕河，自河入田，所溉至千顷，民以殷富。湖水多葑，自唐及钱氏，岁辄浚治。宋兴，废之，葑积为田，水无几矣。漕河失利，取给江潮；舟行市中，潮又多淤；三年一淘，为民大患；六井亦几于废。轼见茅山一河，专受江潮；盐桥一河，专受湖水；遂浚二河以通漕，复造堰闸，以为湖水畜泄之限（相当水闸），江潮不复入市。以余力复完六井，又取葑田积湖中，南北径三十里，为长堤以通行者。吴人种菱，春辄芟除，不遗寸草。且募人种菱湖中，葑不复生，收其利以备修湖。取救荒余钱万缗、粮万石，及请得百僧度牒以募役者，堤成，种芙蓉、杨柳其上，望之如画图，杭人名为苏公堤。浙江潮自海门东来，势如雷霆，而浮山峙于江中，与渔浦诸山犬牙相错，洄洑激射，岁败公私船，不可胜计。轼议自浙江上流地名石门，并山而东，凿为漕河，引浙江及溪谷诸水二十余里，以达于江。又并山为岸，不能十里，以达龙山大慈浦，自浦北折抵小岭，凿岭六十五丈，以达岭东古河，浚古河数里，达于龙山漕河，以避浮山之险，人以为便。奏闻，有恶轼者，力沮之，功以故不成。

轼复言："三吴之水，潴为太湖，太湖之水，溢为松江，以入海。海日两潮，潮浊而江清，潮水常欲淤塞江路，而江水清驶，随轼涤去，海口常通，则吴中少水患。昔苏州以东，公私船皆以篙行，无陆挽者。自庆历以来，松江大筑挽路，建长桥以扼塞江路，故今三吴多水。欲凿挽路为千桥，以迅江势。"亦不果用，人皆以为恨。

轼二十年间再莅杭，有德于民，家有画像，饮食必祝，又作生祠以报。

六年，召为吏部尚书，以弟辙除右丞，改翰林承旨。轼在翰林数月，复以谗请外，乃以龙图阁学士出知颍州。先是，开封诸县多水患，吏不究本末，决其陂泽，注之惠民河，河不能胜，致陈亦多水。又将凿邓艾沟与颍河并，且凿黄堆，欲注之于淮；轼始至颍，遣吏以水平准之，淮之涨水高于新沟几一丈，若凿黄堆，淮水顾流颍地为患。轼言于朝，从之。

七年，徙扬州。旧发运司主东南漕法，听操舟者私载物货，征商不得留难。故操舟者辄富厚，以官舟为家，补其弊漏，且周船夫之乏，故所载率皆速达无虞。近岁一切禁而不许，故舟弊人困，多盗所载，以济饥寒，公私皆病。轼请复旧，从之。未阅岁，以兵部尚书召兼侍读。寻迁礼部，兼端明殿、翰林侍读两学士，为礼部尚书。

八年，哲宗亲政，轼请补外，以两学士出知定州。时国是将变，轼不得入辞。定州军政坏弛，诸卫卒骄惰不教，军校蚕食其廪赐，前守不敢谁何。轼取贪污者配隶远恶，缮修营房，禁止饮博，军中衣食稍足。乃部勒战法，众皆畏伏。

契丹久和，边兵不可用，惟沿边弓箭社与寇为邻，以战射自卫，犹号精锐。故相庞籍守边，因俗立法，岁久法弛，又为保甲所挠，轼奏免保甲及两税折变科配，不报。

绍圣初，御史论轼掌内外制日，所作词命，以为讥斥先朝，遂以本官知英州。寻降一官，未至，贬宁远军节度副使，惠州安置。居三年，泊然无所蒂芥。徽宗立，移廉州，改舒州团练副使，徙永州。更三大赦，遂提举玉局观，复朝奉郎。

建中靖国元年，卒于常州，年六十六。《宋史》本传论其为文云：其体浑涵光芒，雄视百代，有文章以来，盖亦鲜矣。有《东坡集》四十卷，《后集》二十卷，《奏议》十五卷，《内制》十卷，《外制》三卷，《和陶诗》四卷。（据《宋史》本传节录）

晁无咎曰：东坡居士词，人多谓不谐音律，然横放杰出，自是曲子内缚不住者。

陆游曰：世言东坡不能歌，故所作乐府，辞多不协。晁以道云：绍圣初，与东坡别于汴上，东坡酒酣，自歌《阳关曲》。则公非不能歌，但豪放不喜裁剪以就声律耳。试取东坡诸词歌之，曲终，觉天风海雨逼人。

胡致堂曰：词曲至东坡，一洗绮罗香泽之态，摆脱绸缪宛转之度，使人登高望远，举首高歌，逸怀浩气，超乎尘垢之外，于是花间为皂隶，而耆卿为舆台。

张炎曰：东坡词清丽舒徐处，高出人表，周秦诸人所不能到。

《四库提要》曰：词自晚唐五代以来，以清切婉丽为宗，至柳永而一变，如诗家之有白居易；至轼而又一变，如诗家之有韩愈，遂开南宋辛弃疾等一派，不能不谓之别格，然谓之不工则不可。

刘熙载曰：东坡词颇似老杜诗，以其无意不可入也，若其豪放之致，则时与太白为近。

《全宋词·跋》云：《宋史》东坡词一卷，《直斋书录解题》二卷，卷数不同，当非一本。汲古阁刊坡词一卷，共三百二十首，毛跋谓所本乃金陵本子，未详所自。毛斧季校本分上下二卷，又拾遗一卷，则非直斋之本，士礼居旧藏毛钞本，亦有拾遗一卷，当即斧季取校之本。末有曾惜跋，似毛钞亦从宋本出也。元延祐刊本《东坡乐府》二卷，先后经也是园、士礼居、艺芸书舍、海源阁收藏，入四印斋，始重刊之。此本共二百八十一首，较毛本多十三首，而少六十首。近彊村丛书有编年本《东坡乐府》三卷，盖以毛本校补元本，元本二百八十一首中，删去子由和作一首，《点绛唇》(醉漾轻舟)(月转乌啼)两首，《浣溪沙》(风压轻云)一首，《醉落魄》(醉醒醒醉)一首，《鹧鸪天》(西塞山边)一首，实采二百七十五首。从毛本补五十九首，至毛本又多《瑶池燕》一首，朱氏以为廖明略词删之。从诗集补《渔父》四首，《醉翁操》一首，又元本、毛本《调笑令》误合为一，兹拆为二，故彊村本所收共三百四十首，但《永遇乐》(天末山横)一首，《虞美人》(落花已作)一首，《江城子》(银涛无际)一首，并叶石林词;《意难忘》(花拥鸳房)一首，乃程书舟词;《浣溪沙》(晚菊花前)一首，乃朱希真词，又当删去也。再合之赵补三首，拙补六首，共得三百四十四首，《诗集》施注所载之断句，亦附入焉。

孙人和曰：按《直斋书录解题》卷二十一，歌词类，《东坡词》二卷，苏文忠公轼撰。集中《戚氏》，叙穆天子西王母事，世不知所谓，李端叔跋详之：盖在中山燕席间，有歌此阕者，坐客言调美而词不典，以请于公。公方观《山海经》，即叙其事为题，使妓再歌之，随其声填写，歌竟篇就，才点定五六字而已。端叔时在幕府目击，必不诬，或言非坡作，岂不见此跋耶？今坡词多有刊去此篇者。《解题》别有注坡词二卷，仙溪傅斡撰，有傅钞本，今行东坡乐府笺，即据傅注之本也。

又《元遗山文集》三十六《东坡乐府集选引》云：绛人孙安尝注坡词，参以汝南文伯起《小雪堂诗话》，删去他人所作《无愁可解》之类五十六首。其所是正，亦无虑数十百处，坡词遂为完本，不可谓无功。然尚有可论者，如"古岸开青葑"，《南柯子》以末后二句，倒入前篇，此等犹为未尽，然特其小小者耳。就中"野店鸡号"一篇（《沁园春》），极害义理，不知谁所作，世人误为东坡，而小说家又以神宗之言实之，云："神宗闻此词不能平，乃贬坡黄州，且言：教苏某闲处袖手，看朕与王安石治天下。"安常不能辨，复收之集中，如"当时共客长安，似二陆初来俱少年，有胸中万卷，笔头千字，致君尧舜，此事何难？用舍由时，行藏在我，袖手何妨闲处看"之句，其鄙俚浅近，叫呼衒鬻，殆市驵之雄，醉饱而后发之……而谓东坡作者，误矣。又前人诗文有一句或一二字异同者，盖传写之久，不无讹谬；或是落笔之后，随有改定。而安尝（元作常）一切以别本为是，是亦好奇尚异之蔽也。就孙集录取七十五首，遇语句两出者，择而从之；自余"玉龟山"一篇，予谓非东坡不能作，孙以为古词，删去之，当自别有所据，姑存卷末，以候更考。

河满子

湖州作寄益守冯当世

（傅注本题作湖州作寄益守冯当世，毛本题作湖州作。）

见说岷峨凄怆，旋闻江汉澄清。但觉秋来归梦好，西南自有长城。东府三人最少，西山八国初平。　　莫负花溪纵赏，何妨药市微行。试问当垆人在否，空教是处闻名。唱著子渊新曲，应须分外含情。

《河满子》，"河"一作"何"。《碧鸡漫志》卷四："白乐天诗云：'世传满子是人名，临就刑时曲始成。一曲四词歌八叠，从头便是断肠声。'自注云：'开元中沧州歌者姓名，临刑，进此曲以赎死，上竟不免。'元微之《何满子歌》云：'何满能歌声宛转，天宝年中世称罕。婴刑系在囹圄间，水调哀音歌愤懑。梨园弟子奏玄宗，一唱承恩羁网缓。便将何满为曲名，御谱亲题乐府纂。'"元白生平交友，闻见率同，独纪此事少异。湖州，宋曰湖州吴兴郡，在今浙江省吴兴县治。冯当世，即冯京。《宋史·冯京传》：字当世，鄂州江夏人。少隽逸不群，举进士，自乡举、礼部以至廷试皆第一，神宗立，擢枢密副使，进参知政事，荐刘攽、苏轼掌外制，罢知亳州，未几，以资政殿学士知渭州。茂州夷叛，徙知成都府。蕃部何丹方寇鸡宗关，闻京兵至，请降。议者遂欲荡其巢窟，京请于朝，为禁侵掠，给稼器，饷粮食，使之归。夷人喜，争出犬豕割血受盟，愿世世为汉藩。朱孝臧曰："案《宋史》：熙宁六年，复熙河洮岷叠宕等州。七年，平泸夷，木征寇岷州，王韶败降之。词云'西山八国初平'，当作于甲寅。"

"岷峨江汉"，皆杜诗成语。

"长城"，似用《宋书》檀道济故事。又傅榦注："唐李勣治并州十六年，以威肃闻，太宗尝曰：'炀帝不择人守边，劳中国，筑长城以备虏；今我用勣守并，突厥不敢南，贤长城远矣。'"

"东府三人"，《宋史·职官志二》："枢密院，掌军国机务、兵防、边备、戎马之政令，出纳密命，以佐邦治……宋初，循唐、五代之制，置枢密院，与中书对持文武二柄，号为二府。院在中书之北，印有东院、西院之文，共为一院，但行东院印。而职事条目颇多。"又云："熙宁元年，文彦博、吕公弼为使，韩维、邵亢为副使。"未审所云三人中，有邵亢、韩维否？而冯尝为枢密副使，则史有明文。

"西山八国初平"，《唐书·韦皋传》：皋字城武，京兆万年人。贞元初，代张延赏为剑南西川节度使，蛮部震服。于是西山羌女、诃陵、南水、白狗、逋租、弱水、清远、咄霸八国酋长，皆因皋请入朝，乃诏皋统押近界诸蛮，加云南安抚使。

"花溪"，傅注："西蜀游赏，始正月上元日，终四月十九日，而浣花溪最为盛集。"

"药市"，傅注："益州有药市，期以七月，四远皆集，其药物品甚众，凡三月而罢，好事者多市取之。"

"当垆"，《汉书·司马相如传》：卓氏女文君新寡，乃夜奔相如。相如乃与驰归成都。家徒四壁，相如与俱之临邛，尽卖车骑，买一酒舍，沽酒，令文君当垆，相如身著犊鼻裈，与保庸杂作。

"子渊"，傅注：汉王褒，字子渊，蜀人。王襄为益州刺史，闻有俊才，请与相见，使褒作《中和》《乐职》《宣布诗》，选好事者，令依《鹿鸣》之声，习而歌之。下传而上闻，宣帝召见悦之，擢褒为谏大夫，使侍太子。太子喜褒所为《甘泉》及《洞箫颂》，令后宫贵人左右，皆诵读之。

江城子

密州出猎

老夫聊发少年狂。左牵黄，右擎苍。锦帽貂裘，千骑卷平冈。为报倾城随太守，亲射虎，看孙郎。　　酒酣胸胆尚开张。鬓微霜，又何妨。持节云中，何日遣冯唐。会挽雕弓如满月，西北望，射天狼。

"密州出猎"，毛本题作猎词。

"牵黄擎苍"，傅注："黄，黄狗也。苍，苍鹰也。"《梁书·张充传》："充字延符，吴郡人。父绪，有名前代。充少时，不持操行，好逸游。绪尝请假还吴，始入西郭，值充出猎，左手臂鹰，右手牵狗，遇绪船至，便放绁脱韝，拜于水次。绪曰：'一身两役，无乃劳乎？'充跪对曰：'充闻三十而立，今二十九矣，请至来岁而敬易之。'"

"锦帽貂裘"，傅注："锦帽，锦蒙帽也。貂裘，貂鼠裘也。李白诗：'绣衣貂裘明白雪。'"

"千骑"，傅注："古者诸侯千乘，今太守，古诸侯也，故出拥千骑。"

"倾城"，《汉书·外戚传》："北方有佳人，绝世而独立。一顾倾人城，再顾倾人国。宁不知倾城与倾国，佳人难再得。"

"亲射虎，看孙郎"，《三国志·吴立传》："二十三年十月，权将如吴，亲乘马射虎于庱亭，马为虎所伤，权投以双戟，虎却废，常从张世击以戈，获之。"

"持节云中"，《汉书·冯唐传》：唐事文帝，帝曰："公何以言吾不能用颇、牧也？"唐对曰："今臣窃闻魏尚为云中守，军市租尽以给士卒，出私养钱，五日壹杀牛，以飨宾客军吏舍人，是以匈奴远避，不近云中之塞。虏尝一入，尚帅车骑击之，所杀甚众。夫士卒尽家人子，起田中从军，安知尺籍伍符？终日力战，斩首捕虏，上功莫（幕）府，一言不相应，文吏以法绳之。其赏不行，吏奉法必用。愚以为陛下法太明、赏太轻、罚太重。且云中守尚坐上功首虏差六级，陛下下之吏，削其爵，罚作之。繇此言之，陛下虽得李牧，不能用也。臣诚愚，触讳忌，死罪。"文帝悦。是日令唐持节赦魏尚，复以为云中守，而拜唐为车骑都尉。

“射天狼”，《楚辞·九歌·东君》：“举长矢兮射天狼”，王注：“天狼，星名，以喻贪残。”《晋书·天文志》：“狼一星，在东井南，狼为野将，主侵掠。”

浣溪沙

徐门石潭谢，雨道上作五首（今选二）。潭在城东二十里，常与泗水增减，清浊相应。（傅本“门”作“州”）

其三

麻叶层层檾叶光，谁家煮茧一村香。隔篱娇语络丝娘。

垂白杖藜抬醉眼，捋青捣麨软饥肠。问言豆叶几时黄。

其四

簌簌衣巾落枣花，村南村北响缫车。牛衣古柳卖黄瓜。

酒困路长惟欲睡，日高人渴漫思茶。敲门试问野人家。

“檾”，音顷。《说文》：“檾，枲属。”《尔雅翼》：“檾高四五尺或六七尺，叶似苎而薄，实如大麻子，今人绩为布。”或作“苘”。

“络丝娘”，《尔雅翼》：“莎鸡以六月振羽作声，连夜札札不止，其声如纺丝之声，故一名梭鸡，一名络纬，今俗人谓之络丝娘。"

"杖藜"，杜诗有"杖藜从白首"句。

"麨"，《急救篇》颜师古注："今通以熬米麦谓之麨。"傅注："麨，干粮也。以麦为之，野人所食。《汉书》曰：'小麦青青大麦枯'，则青者已足捋，而枯者可为麨矣。"

〔案〕此词当作于元丰元年（1078）戊午。时先生以尚书祠部员外郎直史馆权知徐州军事。

又，傅注："缲车"，即缫丝车也。缲与缫通。

"牛衣"，《后汉书·王章传》注："牛衣，编乱麻为之。"《艇斋诗话》："东坡在徐州作长短句云：'半依古柳卖黄瓜。'今印本作'牛衣古柳卖黄瓜'，非是。予尝见东坡墨迹作'半依'，乃知'牛'字误也。"

念奴娇

赤壁怀古

大江东去，浪淘尽，千古风流人物。故垒西边，人道是、三国周郎赤壁。乱石穿空，惊涛拍岸，卷起千堆雪。江山如画，一时多少豪杰。　　遥想公瑾当年，小乔初嫁了，雄姿英发。羽扇纶巾，谈笑间、樯橹灰飞烟灭。故国神游，多情应笑我，早生华发。人生如梦，一尊还酹江月。

《念奴娇》，一名《百字令》，又名《百字谣》，又名《大江东去》，又名《酹江月》，又名《壶中天慢》，又名《大江西上曲》，又名《太平欢》，又名《寿南枝》，又名《古梅曲》，又名《淮甸春》，又名《白雪词》，又名《无俗念》，又名《千秋岁》，又名《庆长春》，又名《杏花天》。元稹《连昌宫词》："力士传呼觅念奴，念奴潜伴诸郎宿。"自注："念奴，天宝中名倡，善歌。每岁楼下酺宴，累日之后，万众喧隘，众乐为之罢奏。明皇遣高力士大呼于楼上曰：'欲遣念奴唱歌，邠二十五郎吹小管篴，看人能听否？'未尝不悄然奉诏。"念奴娇曲牌，疑因此而得名。

《词谱》曰："《碧鸡漫志》云：大石调，又转入道调宫，又转入高宫大石调。姜夔词注：双调；元高拭词注：大石调，又名大吕调。"

"赤壁"，《太平寰宇记》卷一百一十三引《括地志》云：鄂州蒲圻县赤壁山，即曹公败处。《读史方舆纪要》卷七十六："赤壁山，（嘉鱼）县西七十里。《元和志》：'山在蒲圻县西一百二十里。'时未置嘉鱼也。其北岸相对者为乌林，即周瑜焚曹操船处。《武昌志》：'操自江陵追备至巴丘，遂至赤壁，遇周瑜，兵大败，取华容道归。'《图经》云：'赤壁在嘉鱼县。'苏轼指黄州赤鼻山为赤壁，误矣。时刘备据樊口，进兵逆操，遇于赤壁，则赤壁当在樊口之上。又赤壁初战，操军不利，引次江北，则赤壁当在江南也。操诗曰'西望夏口，东望武昌'，此地是矣。今江汉间言赤壁者有五：汉阳、汉川、黄州、嘉鱼、江夏也。当以嘉鱼之赤壁为据。〔案〕其地在今湖北省嘉鱼县东北江滨。

"周郎"，《三国·吴志·周瑜传》：字公瑾，庐江舒人也。自居巢还吴，（孙）策等亲自迎瑜，授建威中郎将，即与兵二千人，骑五十匹。瑜时年二十四，吴中皆呼为周郎。策薨，权统事。建安十三年九月，曹公入荆州，刘琮举众降。曹公得其水军，船步兵数十万，将士闻之皆恐。权延见群下，问以计策，瑜曰："请得精兵三万人，进住夏口，保为将军破之。"时刘备为曹公所破，欲引南渡江，与鲁肃遇于当阳，遂共图计，因进住夏口，遣诸葛亮诣权，权遂遣瑜及程普等，与备并力逆曹公，遇于赤壁，时曹公军众已有疾病，初一交战，公军败退，引次江北。瑜等在南岸，瑜部将黄盖曰："今寇众我寡，难与持久，然观操军船舰，首尾相接，可烧而走也。"乃取蒙冲斗舰数十艘，实以薪草，膏油灌其中，裹以帷幕，上建牙旗，先书报曹公，欺以欲降；又预备走舸，各系大船后，因引次俱前。曹公军吏士皆延颈观望，指言盖降。盖放诸船，同时发火。时风威猛，悉延烧岸上营落。顷之，烟炎张天，人马烧溺死者甚众，军遂败退，还保南郡，备与瑜等复共追。曹公留曹仁等守江陵城，径自北归。

"小乔"，《吴志·周瑜传》："策欲取荆州，以瑜为中护军，领江夏太守，从攻皖，拔之。时得桥（《御览》卷三百八十引作乔，下同）公两女，皆国色也。策自纳大乔，瑜纳小乔。"注引《江表传》曰："策从容戏瑜曰：'桥公二女虽流离，得吾二人作婿，亦足为欢。'"

"英发"，《吴志·周瑜传》注引《江表传》："策令曰：'周公瑾英隽异才，与孤有总角之好，骨肉之分。'"又《吕蒙传》："孙权与陆逊论周瑜、鲁肃及蒙曰：'……子明少时，孤谓不辞剧易，果敢有胆而已。及身长大，学问开益，筹略奇至，可以次于公瑾，但言议英发不及之耳。'"

"羽扇纶巾"，《语林》："诸葛武侯与司马宣王在渭滨，将战，宣王戎服莅事，使人视武侯，素舆葛巾，持白麾扇，指挥三军，皆随其进止。宣王闻而叹曰：'可谓名士。'"

"樯艣灰飞烟灭"，李白《赤壁歌》："二龙争战决雌雄，赤壁楼船扫地空。烈火初张照云海，周郎于此破曹公。"樯，即桅杆；艣，行舟之具，通作橹。

"人生如寄"，曹丕《乐府》："人生如寄，多忧何为？"

"酹"，音类，《说文》：酹，醊祭也。盖以食曰醊，以酒曰酹。《汉书·外戚传》：饮酒酹地。注云：以酒沃地也。

卜算子

黄州定慧院寓居作

缺月挂疏桐，漏断人初静。谁见幽人独往来，缥缈孤鸿影。　　惊起却回头，有恨无人省。拣尽寒枝不肯栖，寂寞沙洲冷。

《卜算子》，《词谱》注云：元高拭词注仙吕调，苏轼词有"缺月挂疏桐"句，名《缺月挂疏桐》；秦湛词有"极目烟中百尺楼"句，名《百尺楼》；僧皎词有"目断楚天遥"句，名《楚天遥》；无名氏词有"蹙破眉峰碧"句，名《眉峰碧》。

"黄州定慧院寓居作",《能改斋漫录》云:"东坡谪居黄州,作《卜算子》词云……其属意盖为王氏女子也,读者不能解。张右史文潜继贬黄州,访潘邠老,尝得其详,题诗以志之:'空江月明鱼龙眠,月中孤鸿影翩翩。有人清吟立江边,葛巾藜杖眼窥天。夜冷月堕幽虫泣,鸿影翘沙衣露湿。仙人采诗作步虚,玉皇饮之碧琳腴。'"《类编草堂诗余》一引铜(一作衡)阳居士曰:"缺月,刺明微也;漏断,暗时也;幽人,不得志也;独往来,无助也;惊鸿,贤人不安也;回头,爱君不忘也;无人省,君不察也;拣尽寒枝不肯栖,不偷安于高位也;寂寞吴江冷,非所安也。此词与《考槃》诗极相似。"张惠言取其说,谭献曰:"以考槃为比,其言非河汉也。此亦鄙人所谓作者未必然,读者何必不然。"

〔案〕此词王宗稷《东坡年谱》以为作于壬戌年黄州,壬戌为1082年,当宋神宗元丰五年,元本亦题黄州定慧院寓居作,则《女红余志》与毛本题记以为为惠州温氏女超超而作者,非也。

"定慧院",《诗集》作定惠院,查注《名胜志》:定慧院在黄冈县东南。

"幽人",《周易·履》:"履道坦坦,幽人贞吉。"

"孤鸿"，张九龄《感遇》诗："孤鸿海上来，池潢不敢顾。"

"寒枝"，《渳南遗老诗话》：东坡雁词云"拣尽寒枝不肯栖"，以其不栖木，故云尔。盖激诡之致，词人正贵其如此。而或者以为语病，是尚可与言哉？近日张吉甫复以"鸿渐于木"为辨，而怪昔人之寡闻，此益可笑。易象之言，不当援引为证也。其实雁何尝栖木哉？

"沙洲"，傅注：一作枫落吴江冷。唐崔信明美文章，郑世翼者亦自负。二人相遇江中，郑谓崔曰：闻公有"枫落吴江冷"，愿见其余！崔出之，郑览未终，曰："所见不逮所闻！"投诸水，引舟而去。

黄庭坚（1045—1105）

字鲁直，洪州分宁（今江西修水）人。幼警悟，读书数过辄成诵。舅李常过其家，取架上书问之，无不通，常惊，以为一日千里。举进士，调叶县尉。

熙宁初，举四京学官，第文为优，教授北京国子监，留守文彦博才之，留再任。苏轼尝见其诗文，以为超轶绝尘，独立万物之表，世久无此作，由是声名始震。知太和县，以平易治，时课颁盐策，诸县争占多数，太和独否，吏不悦，而民安之。哲宗立，召为校书郎，《神宗实录》检讨官。逾年，迁著作佐郎，加集贤校理，《实录》成，擢起居舍人。丁母艰，庭坚性笃孝，母病弥年，昼夜视颜色，衣不解带；及亡，哀毁得疾几殆。服除，为秘书丞，提点明道官，兼国史编修官。

绍圣初，出知宣州，改鄂州。章惇、蔡卞与其党论《实录》多诬，俾前史官分居畿邑以待问，摘千余条示之，谓为无验证；既而院吏考阅，悉有据依，所余才三十二事。庭坚书"用铁龙爪治河，有同儿戏"，至是首问焉。对曰：庭坚时官北都，尝亲见之，真儿戏耳。凡有问，皆直词以对，闻者壮之。贬涪州别驾，黔州安置，言者犹以处善地为觖法。

以亲嫌，遂移戎州。庭坚泊然，不以迁谪介意。蜀士慕，从之游，讲学不倦，凡经指授，下笔皆可观。

徽宗即位，起监鄂州税，签书宁国军判官，知舒州，以吏部员外郎召，皆辞不行。丐郡，得知太平州。至之九日罢，主管玉隆观。庭坚在河北，与赵挺之有微隙；挺之执政，转运判官陈举承风旨，上其所作《荆南天承院记》，指为幸灾，复除名，羁管宜州。三年，徙永州，未闻命而卒，年六十一。

庭坚学问文章，天成性得；陈师道谓其诗得法杜甫，学甫而不为者。善行、草书，楷法亦自成一家。与张耒、晁补之、秦观俱游苏轼门，天下称为四学士。而庭坚于文章尤长于诗，蜀、江西君子，以庭坚配轼，故称苏黄。轼为侍从时，举以自代，其词有"瑰伟之文，妙绝当世，孝友之行，追配古人"之语，其重之也如此！初，游灊皖山谷寺、石牛洞，乐其林泉之胜，因自号山谷道人云。

《全宋词·跋》云：《宋史·艺文志》黄庭坚词二卷，今无此本，明刊《山谷先生文集》附词两卷，或即《宋史》所著录之底本。《直斋书录解题》：《山谷词》一卷，明嘉靖祠堂本及毛刊本，并作一卷，词亦相同，疑即从之出。惟毛本删其误入之《醉落魄》（苍颜华发）一首，《虞美人》（波声拍枕）一首，《诉衷情》（珠帘绣幕）一首，《画堂春》（春风吹柳）一首，《浣溪沙》（西塞山边）一首，所删并确凿可信。爻季校本，复从旧钞补此五首，盖意在存原来面目，亦未可厚非也。惟毛本又删《满庭芳》（北苑春风）一首，以为少游之作，则非是。又毛本《阮郎归》（歌停檀板）一首，《西江月》（别梦已随）一首，乃东坡词；《浣溪沙》（飞鹊台前），赵钞本小山词有之，似仍当作小山词。至《促拍满路花》（秋风吹渭水）一首，乃山谷所录无名氏之词；《青玉案》（行人欲上）一首，乃黄元明之词，因并删去。又《水调歌头》（落日塞垣路）一首，《花庵词选》作刘仲方词，恐非是，不敢妄删；文集本两卷本亦同一卷本，惟次序有异。南宋闽刻本《山谷琴趣外篇》三卷，视一卷本仅得其半；黎陶二氏所影印之宋本《山谷琴趣》三卷，并与此同源，惟题注较略，善本书室藏两钞本《山谷词》一本三卷，即自宋本影写，惟末增《品令·茶词》一首，一本一卷，有毛删诸词，似在毛本先。彊村丛书用闽刻本，而以祠堂本校订，计词共九十一首。其间《丑奴儿》（夜来酒醒）一首，宋本《淮海词》亦有之，闽刻本或误入也。兹取彊村本而以毛本增补入十六首，又据《艺文类聚》增补一首，合之赵补二首，共一百七十九首。毛刻《离亭宴》题作"次韵答黎功略见寄"，考之文集本，"黎功略"实为"廖明略"之误；《好事近》（负十分金叶），考之姑溪附《山谷词》，"金叶"作"蕉叶"，兹并订正。

清平乐

春归何处？寂寞无行路。若有人知春去处，唤取归来同住。　　春无踪迹谁知？除非问取黄鹂。百啭无人能解，因风飞过蔷薇。

《清平乐》，《词律》："与清平调无涉。"《词谱》："《宋史·乐志》属大石调，《乐章集》注越调，《碧鸡漫志》云：欧阳炯称李白有应制《清平乐》四首，此其一也，在越调；又有黄钟宫、黄钟商两音。《花庵词选》名《清平乐令》。张辑词有'忆著故山梦月'句，名《忆梦月》；张翥词有'明朝来醉东风'句，名《醉东风》。"

秦　观（1049—1100）

字少游，一字太虚，扬州高邮人。少豪隽，慷慨溢于文词。举进士不中，强志盛气，好大而见奇，读兵家书，与己意合；见苏轼于徐，为赋黄楼，轼以为有屈、宋才。又介其诗于王安石，安石亦谓清新似鲍、谢。轼勉以应举为亲养，始登第，调定海主簿、蔡州教授。元祐初，轼以贤良方正荐于朝，除太学博士，校正秘书省书籍。迁正字，复为兼国史院编修官，上日有砚墨器币之赐。绍圣初，坐党籍，出通判杭州。以御史刘拯论其增损《实录》，贬监处州酒税。使者承风望指，候伺过失，则以谒告写佛书为罪，削秩徙郴州。继编管横州，又徙雷州。徽宗立，复宣德郎，放还，至藤州，出游华光寺，为客道梦中长短句，索水欲饮，水至，笑视之而卒。先自作挽词，其语哀甚，读者悲伤之。年五十三。有《文集》四十卷。

观长于议论，文丽而思深。及死，轼闻之叹曰：少游不幸死道路，世岂复有斯人乎？弟觌，字少章；觏，字少仪，皆能文。

《全宋词·跋》云：《直斋书录解题》:《淮海词》一卷，传是楼书目载《淮海琴趣》一本，今并不传。宋本《淮海居士长短句》三卷，今海内有两本：一无锡秦氏藏全集本，转入故宫；一潘氏滂喜斋藏单行本，转入吴湖帆家，两本并有缺叶。明刻全集本，先后有黄缵、张綖、胡民表、李之藻、段裴君、毛晋六家，而张、李、毛三本，最为通行。许氏鉴止水斋藏明钞本、黄荛圃校本，四库全书本、四部丛刊本，并沿张本；清康熙余恭刻本、乾隆何廷模刻本、道光王敬之刻本，并沿李本；同治秦元庆刻本，则沿段本之旧。毛晋自辑《淮海词》一卷，与诸家特异；首数既多十首，而目次亦淆。清康熙黄仪曾以宋本琴趣校之，四库词集本亦沿用之，近日彊村丛书用黄荛圃校本，文字最胜，此即荛圃据两宋本校者。今叶遐庵以两宋本合并刊之，当日荛圃所据之底本，竟复得入吾人之目，快何如之？叶氏并附《淮海词》版本系统表，经见各本要表，各本字句异同表，两宋本比较表，两宋本校记，及两宋本各序跋，贯串精密，尤有益于学者。兹即取此本七十七首。但"北苑研膏"一首，据《能改斋漫录》所述，确为山谷之作，因删去。又宋本误处，亦改正之，如《梦扬州》换头"长记"二字，误刻于上叠；"花密香稠"中"密"误作"蜜"；《雨中花》"在青天碧海"之"在"下原脱一"青"字；"满空寒白，玉女明星迎笑"中"白玉"二字误刻作"皇"；《满庭芳》"清谈挥麈"中"麈"误作"座"；"香生玉乳"中"乳"误作"尘"；《临江仙》"潇湘接蓝浦"，"接"误作"挼"；"微波澄不动"中"微"误作"徵"；《菩萨蛮》"阴风翻翠幔"中"幔"误作"幙"；《阮郎归》"身有限，恨无穷"中"限"误作"恨"；《河传》"为伊抵死"，"抵"误作"底"；凡此皆据黄荛圃校本改正。

至于补遗，伪作甚多，如《昭君怨》（隔叶乳鸦）一首，乃赵长卿词；《如梦令》（门外绿阴）一首，乃曹元宠词；《生查子》（眉黛远山横）一首，乃张于湖词；《浣溪沙》（青杏园林）一首，乃欧阳永叔词；《眼儿媚》（楼上黄昏）一首，乃阮阅词；《忆王孙》（萋萋芳草）一首，乃李重元词；又《草堂诗余》所载《南乡子》（万籁寂无声）一首，乃黄叔旸词；《花草粹编》所载《西江月》（愁黛颦成）一首，乃晏小山词。此外如《南歌子》（夕露沾芳草）一首、（楼迥迷云日）一首，《乐府雅词拾遗》并不注名氏，《捣练子》（心耿耿）一首，《菩萨蛮》（金风簌簌）一首，《鹧鸪天》（枝上流莺）一首，《金明池》（琼筵金池）一首，《海棠春》（流莺窗外）一首，《虞美人影》（碧纱影弄）一首，《如梦令》（莺

嘴啄花）一首，至正本《草堂诗余》皆不注名氏，实亦非秦
作也。至若《花草粹编》《草堂诗余续集、别集》《琼花集》
《历代诗余》《钦定词谱》《皖词纪胜》诸书所载秦词，尤不
可信。惟《阳春白雪》所载《木兰花慢》（过秦淮）一首，
《瓮牖闲评》所载《南歌子》（霭霭迷春态）一首，《冷斋夜
话》《添春色》（唤起一声）一首，至正本《草堂诗余》所载
《画堂春》（东风吹柳）一首，皆宋人著录，较为可信。

踏莎行

郴州旅舍

　　雾失楼台，月迷津渡，桃源望断无寻处。可堪孤馆闭
春寒，杜鹃声里斜阳暮。　　驿寄梅花，鱼传尺素，砌成此
恨无重数。郴江幸自绕郴山，为谁流下潇湘去。

　　郴州旅舍，一本无此题。

　　此词所写为贬郴州时家乡之感。

　　"郴州"，宋属荆湖南路，今在湖南郴县。即《史记·
黥布传》所谓击义帝追杀之郴县者是也。

　　"津"，《说文》：水渡也。

"桃源望断无寻处"，桃源县，宋乾德中析武陵所置，以桃花源得名，县南二十里有桃源山，高五里，周三十二里，西南有桃源洞，一名秦人洞，即白马洞也。此县属荆湖北路。今湖南桃源县与郴州相距甚远，少游盖兼用桃花源故事以反衬当时政治黑暗，与上句雾失、月迷为同一幻灭之境。

"杜鹃声里斜阳暮"，《苕溪渔隐丛话》卷五十引诗眼曰："《淮海小词》云：'杜鹃声里斜阳暮'，公（黄山谷）曰：'此词高绝，但既云斜阳，又云暮，则重出也，欲改斜阳作帘栊。'余曰：'既言孤馆闭春寒，似无帘栊。'公曰：'亭传虽未必有帘栊，有亦无害。'余曰：'此词本模写牢落之状，若曰帘栊，恐损此意。'先生曰：'极难得好字，当徐思之。'然余因此晓句法不当重叠。"《王直方诗话》曰："山谷惜此词斜阳暮意重，欲易之，未得其字。愚谓此亦何害而病其重也？李太白诗：'睠彼落日暮'，即斜阳暮也。刘禹锡'乌衣巷口夕阳斜'，杜工部'山木苍苍落日曛'皆此意。别为韩文公《记梦》诗：'中有一人壮非少'，《石鼓歌》'安置妥帖平不颇'之类尤多，岂可亦谓之重耶？山谷当无此言。"宋翔凤《乐府余论》云："《说文》：莫，日且冥也。从日在草中，是斜阳为日斜时，暮为日入时，言自日昃至暮，杜鹃之声，亦云苦矣。山谷未解暮字，遂生鞧轕。"

"驿寄梅花"，《太平御览》卷九百七十引《荆州记》曰：陆凯与范晔相善，自江南寄梅花一枝，诣长安与晔，并赠花诗曰："折花逢驿使，寄与陇头人。江南无所有，聊赠一枝春。"

"鱼传尺素"，古诗《饮马长城窟行》："呼儿烹鲤鱼，中有尺素书。"

"此恨"，谓别恨。

"郴江""郴山"，《方舆纪要》卷八十二云："郴水，（郴）州东一里，一名郴江，源发黄岑山，北流经此，水清驶，下流会来水及白豹水入湘江。韩文公谓郴山奇变，其水清泻是也。"又"曹王寨山在州北三十里郴江口，山势壁立，可以避兵。又坦山在州西三十里，有万花岩，涧水自岩而出，下流入郴水。"又"灵寿山在州南二十里，旧名万岁山，出灵寿木，可为杖。唐天宝间改今名。千秋水出焉，流注城南，东合于郴水。又文明山在州城南一里，上有塔。又南四里曰香山，城东一里曰东山。张舜民曰：'州在百重山内。'练亨甫曰：'郴环山而为州。'是也。"可证山绕郴州，郴江复绕郴山以入湘，故云。

"潇湘"，《水经》："湘水出零陵始安县阳海山"，注云："湘水又北径黄陵亭西，右合黄陵水口，其水上承大湖，湖水西流，径二妃庙南，世谓之黄陵庙也。言大舜之陟方也，二妃从征，溺于湘江，神游洞庭之渊，出入潇湘之浦。潇者，水清深也，《湘中记》曰：湘川清照五六丈，下见底石，如樗蒲矣，五色鲜明；白沙如霜雪，赤崖若朝霞，是纳潇湘之名矣。"据此，则潇湘非二水也。

《苕溪渔隐丛话》卷五十引《冷斋夜话》云："少游到郴州，作长短句，东坡绝爱其尾两句，自书于扇曰：'少游已矣！虽万人何赎?'"宋本附注："释天隐曰：末二句从'沅湘日夜东流去，不为愁人住少时'变化来。"

李清照（1084—?）

号易安居士，济南人，父格非，字文叔，尝以文章受知于东坡，后官礼部郎，提点刑狱，以党（元祐党）籍罢归。母王氏，为王拱辰孙女，亦善文。生于神宗元丰七年，十八岁嫁太学生诸城赵明诚。金兵南侵，避乱南中，高宗建炎三年（1129），明诚逝世。居士为文以祭之，辗转流离于台、温、越、杭，家藏书物，十亡八九。绍兴四年（1134），避乱西上，卜居金华，以后事迹不可考，年在六十以上。

《苕溪渔隐丛话》称易安再适张汝舟，未几反目，有启事上綦处厚云：猥以桑榆之晚景，配兹駔侩之下材。传者无不笑之。今其启具载赵彦卫《云麓漫钞》中。李心传《建炎以来系年要录》载其与后夫构讼事尤详，盖传闻之失实者也。卢见曾、俞正燮、陆心源、李慈铭诸人力辨其诬。

孙人和曰：《宋史·艺文志》：《易安居士文集》七卷，又《易安词》六卷。《直斋书录解题》：《漱玉词》一卷。又云：别本五卷，《花庵词选》作五卷，盖宋元之际，已不能见其完本矣。虞山毛氏，始刻于《诗词杂俎》中，仅词十七首，四库所收，即是本也。光绪间临桂王鹏运以宋曾端伯《乐府雅词》所录二十三首为主，复旁搜宋人选本说部，又得二十七首，都为一集，而以俞正燮《易安居士事辑附卷》，刊入四印斋丛书。后吴重憙复据以刊入《山左人词》中。近有大兴李文祴者，重辑为五卷，卷一《文存》，卷二《诗存》，卷三卷四《词存》，卷五《外编》，并编年谱，冠之卷首，题曰《漱玉集》。赵万里又详加校辑，录为定本，都四十三首。《附录》疑伪者十七首，其四十三首中，《殢人娇》一首仍为可疑，《全宋词》即取其四十二首，而以《殢人娇》殿末卷。

醉花阴

薄雾浓雾愁永昼，瑞脑销金兽。佳节又重阳，玉枕纱幮，半夜凉初透。　　东篱把酒黄昏后，有暗香盈袖。莫道不销魂，帘卷西风，人比黄花瘦。

《醉花阴》，一本题作《重阳》，一本题作《九日》。

《醉花阴》，《词谱》：《中原音韵》注黄钟宫，《太平乐府》注中吕宫。

"薄雾浓雾"，本《西京杂记》中山王文水赋中成语，或本"雾"作"云"，非是，杨慎已辨之。

"永昼",即长日。

"瑞脑",当即龙脑香,古人以龙为瑞物,故名。

"金兽",谓香炉,李煜《浣溪沙》:"金炉次第添香兽。"《清异录》:"李煜伪长秋周氏,居柔仪殿,有主香宫女。其焚香之器曰:把子莲,三云凤,折腰狮子,小三神,卐字金,凤口罌,玉太古,容华鼎,凡数十种,金玉为之。"

"重阳",我国旧时以农历九月九日为重阳,又曰重九。魏曹丕与钟繇书云:"岁往月来,忽复九月九日,九为阳数,而日月并应,故曰重阳。"

"纱幬",即帷帐,盖以其形似厨得名。苏轼《南乡子》:"凉簟碧纱幬。"

"暗香",似指菊言,下面黄花句可证。《琅嬛记》曰:易安作此词,明诚叹绝,苦思求胜之,乃忘寝食三日夜,得十五阕,杂易安作,以示友人陆德夫。德夫玩之再三,曰:只有"莫道不销魂"三句绝佳。

王世贞曰:康与之"人比黄花瘦几分",又"天还知道,和天也瘦",又"帘卷西风,人比黄花瘦",又"应是绿肥红瘦",又"人共博山烟瘦",瘦字俱妙。

陈廷焯曰:深情苦调,元人词曲,往往宗之。

武陵春

风住尘香花已尽，日晚倦梳头。物是人非事事休，欲语泪先流。　　闻说双溪春尚好，也拟泛轻舟。只恐双溪舴艋舟，载不动许多愁。

此词录自《类编草堂诗余》卷一。

"尘香花尽"，意思是说：花落地而尘香，因尘香而知花尽。

"双溪"，在浙江杭州西北。

"舴艋"，王念孙《广雅疏证》："《玉篇》：'舴艋，小舟也。'小舟谓之舴艋，小蝗谓之蚱蜢，义相近也。《艺文类聚》引宋《元嘉起居注》云：'余姚令何玢之造作舴艋一艘，精丽过常。'"称舟叫舴艋，盖用当地方言。

添字采桑子

芭蕉

窗前谁种芭蕉树？阴满中庭，阴满中庭，叶叶心心，舒卷有余清。　　伤心枕上三更雨，点滴霖霪，点滴霖霪，愁损北人，不惯起来听。

此词录自《全芳备祖后集》卷十三《芭蕉门》。

李　纲（1083—1140）

字伯纪，邵武人。政和二年进士。靖康初为兵部侍郎，金人来侵，以主战被谪，高宗南渡，首召为相。整军经武，力图恢复，而高宗意图苟安，奸臣黄潜善等又忌而阻之，故仅七十日即罢去。绍兴十年卒。著作有《易传》《论语详说》《梁溪集》等。《全宋词》收其词五十一首。

水龙吟

光武战昆阳

汉家炎运中微，坐令闰位余分据。南阳自有，真人膺历，龙翔虎步。初起昆城，旋驱乌合，块然当路。想莽军百万，旌旗千里，应道是、探囊取。　　豁达刘郎大度。对勍敌、安恬无惧。提兵夹击，声喧天壤，雷风借助。虎豹哀嗥，戈铤委地，一时休去。早复收旧物，扫清氛祲，作中兴主。

《水龙吟》，《填词名解》："越调曲也。采李白诗：'笛奏龙吟水。'"《词谱》："曾觌词结句有'是丰年瑞'句，名《丰年瑞》；吕渭老词名《鼓笛慢》，史达祖词名《龙吟曲》，杨樵云词因秦观词起句，更名《小楼连苑》；方味道词结句有‘伴庄椿岁’句，名《庄椿岁》。"又云："此词句读最为参差，今分立二谱，起句七字、第二句六字者，以苏轼词（露寒烟冷兼葭老）为正格；有起句六字、第二句七字者，以秦观词（小楼连苑横空）为正格。"

〔案〕此词李纲以光武中兴汉室，望于高宗赵构者为主旨，至以王莽影射金人，虽不确切，然此为次要部分，可以存而不论。

"光武战昆阳"，《后汉书·光武帝纪》：世祖光武皇帝，讳秀，字文叔，南阳蔡阳人。高祖九世之孙也。年九岁而孤，养于叔父良。莽末，天下连岁灾蝗，寇盗蜂起；地皇三年，南阳荒饥，诸家宾客多为小盗。光武避吏新野，因卖谷于宛。宛人李通等，以图谶说光武云："刘氏复起，李氏为辅。"光武初不敢当，然独念兄伯升素结轻客，必举大事；且王莽败亡已兆，天下方乱，遂与定谋，于是乃市兵弩。十月与李通从弟轶等起兵于宛，时年二十八。十一月，有星孛于张，光武遂将宾客还舂陵，时伯升已会众起兵。初，诸家子弟恐惧，皆亡逃自匿，曰"伯升杀我"。及见光武绛衣大冠，皆惊曰"谨厚者亦复为之"，乃稍自安。伯升于是招新市、平林兵，与其帅王凤、陈牧，西击长聚。光武初骑

牛，杀新野尉，乃得马，进屠唐子乡，又杀湖阳尉，军中分
财物不均，众恚恨，光武敛宗人所得物，悉以与之，众乃
悦。进拔棘阳，与王莽前队大夫甄阜、属正梁丘赐，战于小
长安。汉军大败，还保棘阳。更始元年正月甲子朔，汉军复
与甄阜、梁丘赐战于沘水西，大破之，斩阜、赐。伯升又破
王莽纳言将军严尤、秩宗将军陈茂于淯阳，进围宛城。二
月辛巳，立刘圣公为天子，以伯升为大司徒，光武为太常
偏将军。三月，光武别与诸将徇昆阳、定陵、郾，皆下之。
多得牛马财物，谷数十万斛，转以馈宛下。莽闻阜、赐死，
汉帝立，遣大司徒王寻、大司空王邑，将兵百万，其甲士
四十二万人，五月，到颍川，复与严尤、陈茂合。初，光武
为舂陵侯家讼逋租于尤，尤见而奇之，及是时，城中出降尤
者，言光武不取财物，但会兵计策。尤笑曰："是美须眉者
耶？何为乃如是！"初，王莽征天下能为兵法者，六十三家
数百人，并以为军吏；选练武卫，招募猛士，旌旗辎重，千
里不绝。时有长人巨无霸，长一丈，大十围，以为垒尉。又
驱诸猛兽，虎豹犀象之属，以助威武。自秦汉出师之盛，未
尝有也。光武将数千兵，徼之于阳关。诸将见寻、邑兵盛，
反走，驰入昆阳，皆惶怖，忧念妻孥，欲散归诸城。光武议

曰："今兵谷既少，而外寇强大，并力御之，功庶可立；如欲分散，势无俱全。且宛城未拔，不能相救；昆阳即破，一日之间，诸部亦灭矣。今不同心胆，共举功名，反欲守妻子财物耶？"诸将怒曰："刘将军何敢如是！"光武笑而起。会候骑还，言大兵且至城北，军陈数百里，不见其后；诸将遽相谓曰："更请刘将军计之。"光武复为图画成败，诸将忧迫，皆曰"诺"。时城中惟有八九千人，光武乃使成国上公王凤、廷尉大将军王常留守，夜自与骠骑大将军宗佻、五城将军李轶等十三骑，出城南门，于外收兵。时莽军到城下者且十万，光武几不得出。既至郾、定陵，悉发诸营兵，而诸将贪惜财货，欲分留守之，光武曰："今若破敌，珍宝万倍，大功可成；如为所败，首领无余，何财物之有？"众乃从。严尤说王邑曰："昆阳城小而坚，今假号者在宛，亟进大兵，彼必奔走；宛败，昆阳自服。邑曰："吾昔以虎牙将军围翟义，坐不生得，以见责让。今将百万之众，遇城而不能下，何谓耶？"遂围之数十重，列营百数，云车十余丈，瞰临城中，旗帜蔽野，埃尘连天，钲鼓之声闻数百里。或为地道，冲𬨎橦城，积弩乱发，矢下如雨，城中负户而汲。六月己卯，光武遂与营部俱进，自将步骑千余，前去大军四五里而陈，寻、邑亦遣兵数千合战，光武奔之，斩首数十级。诸部喜曰："刘将军平生见小敌怯，今见大敌勇，甚可怪也。且复居前，请助将军！"光武复进，寻、邑兵却，诸部共乘之，斩首数百千级，连胜遂前。时伯升拔宛已三日，而光武尚未知。乃伪使持书报城中，云"宛下兵到"，而阳堕其书，寻、邑得之，不憙。诸将既经累捷，胆气益壮，无不一当百。光武乃与敢死者三千人，从城西水上，冲其中坚，寻、邑阵乱，乘锐崩之，遂杀王寻。城中亦鼓噪而出，中外合势，震呼动天地。莽兵大溃，走者相腾践，奔殪百余里间。会大雷风，屋瓦皆飞，雨下如注，滍川盛溢，虎豹皆股战，士卒争赴，溺死者以万数，水为不流。王邑、严尤、陈茂轻骑乘死人渡水逃去，尽获其军实辎重，车甲珍宝，不可胜算。举之连月不尽，或燔烧其余。

〔案〕《宋史·李纲传》曰：又奏："臣尝言车驾巡幸之所，关中为上，襄阳次之，建康为下。陛下（指高宗）纵未能行上策，犹当且适襄、邓，示不忘故都，以系天下之心。不然，中原非复我有，车驾还阙无期，天下之势遂倾不复振矣。"未几，有诏欲幸东南避敌，纲极论其不可，言："自古中兴之主，起于西北，则足以据中原而有东南；起于东南，则不能以复中原而有西北。盖天下精兵健马，皆在西北，一旦委中原而弃之，岂惟金人将乘间而扰内地，盗贼亦将蜂起为乱，跨州连邑，陛下虽欲还阙，不可得矣，况欲制兵胜敌以归二圣哉？夫南阳光武之所兴，有高山峻岭可以控扼；有宽城平野可以屯兵，西邻关陕，可以召将士；东达江淮，可以运谷粟；南通荆湖巴蜀，可以取财货；北距三都，可以遣救援。暂议驻跸，乃还汴都，策无出于此者。今乘舟顺流而适东南，固甚安便；第恐一失中原，则东南不能必无其事；虽欲退保一隅，不易得也。况尝降诏许留中原，人心悦服；奈何诏墨未干，遽失大信于天下！"上乃许幸南阳。

史文词语，可以互相印证。词当作于是时。

"汉家炎运中微"，谓西汉至哀平，政治已衰微。古五行家说汉以火德王，故称炎运。

"闰位余分据"，闰位余分，《汉书·王莽传赞》："紫色蛙声，余分闰位。"注：服虔曰："言莽不得正王之分，如岁月之余分为闰也。"〔案〕此为封建社会御用史学家的传统见解，不足为据。作者此处但用以影射侵略全国，并无深意。

"真人膺历"，意谓皇帝受命。真人，本道家语，此处借用作皇帝代称，如世人所谓"真主"。膺历，《论语·尧

曰》："咨尔舜，天之历数在尔躬。"盖此为神权时代，统治
者骗人的说法。

"龙翔虎步"，古者多作龙骧虎步。《三国·魏志·陈琳
传》："琳谏进曰：今将军总皇威，握兵要，龙骧虎步，高下
在心。"又《陈书·高祖纪》："公龙骧虎步，啸咤风云。"盖
言其气概之威武。

"乌合"，《后汉书·邳彤传》："卜者王郎，假名因势，
驱集乌合之众，遂震燕赵之地。"盖因乌鸟聚散不常，故因
谓仓卒集合曰乌合。

"块（块）然"，块（块）同傀，大貌。《春秋穀梁传·
僖五年》："块（块）然受诸侯之尊。"

"探囊取"，此句主语是莽军，宾语是光武部众，悉从
省略，探囊取，言其易。《五代史·南唐世家》："中国用吾
为相，取江南如探囊中物尔。"

"安恬"，安静安闲之意。

"戈铤"，小矛叫铤。《史记·匈奴传》："短兵则刀铤。"
《集解》："铤形似矛，铁柄。"

"氛祲"，妖气也，见《广韵》。

念奴娇

汉武巡朔方

茂陵仙客，算真是、天与雄才宏略。猎取天骄，驰卫霍、如使鹰鹯驱雀。鏖战皋兰，犁庭龙碛，饮至行勋爵。中华疆盛，坐令夷狄衰弱。　　追想当日巡行，勒兵十万骑，横临边朔。亲总貔貅谈笑看，黜虏心惊胆落。寄语单于，两君相见，何苦逃沙漠。英风如在，卓然千古高著。

"汉武巡朔方"，《汉书·武帝纪》：元封元年（前110）冬十月，诏曰："南越东瓯，咸伏其辜；西蛮北夷，颇未辑睦。朕将巡边垂，择兵振旅。躬秉武节，置十二部将军，亲帅师焉。"行自云阳，北历上郡、西河、五原，出长城，北登单于台，至朔方，临北河，勒兵十八万骑，旌旗径千余里，威震匈奴。遣使者告单于曰："南越王头已悬于汉北阙矣。单于能战，天子自将待边；不能，亟来臣服！何但亡匿幕（即漠）北寒苦之地为！"匈奴詟焉。〔案〕《宋史·李纲传》："（绍兴五年）纲奏：惟自昔创业、中兴之主，必躬冒矢石，履行阵而不避。故高祖既得天下，击韩王信、陈豨、黥布，未尝不亲行；光武自即位至平公孙述，十三年间，无一岁不亲征。本朝太祖、太宗，定维扬，平泽潞，下河东，皆躬御戎辂；真宗亦有澶渊之行，措天下于大安。此所谓始忧勤而终逸乐也。"大旨与此首相同。

"茂陵仙客"，〔案〕即指汉武帝刘彻言。刘彻死，葬茂陵，又好求仙，故此词云然。

"天与"，谓天所赋与。

"雄才宏略"，《汉书·武帝纪》赞曰：如武帝之雄材大略，不改文景之恭俭，以济斯民，虽诗书所称，何有加焉。

"猎取天骄"，《汉书·匈奴传》："南有大汉，北有强胡。胡者，天之骄子也。"王维《出塞诗》："居延城外猎天骄。"然此词则似单指匈奴，以影射全国。

"驰卫霍、如使鹰鹯驱雀"，卫霍，卫青、霍去病，汉武帝时两大将，屡破匈奴有功。事见《汉书·武帝纪》及卫、霍传。鹰鹯，鸷鸟，喻汉将；雀，小鸟，喻匈奴。

"鏖战皋兰"，《汉书·霍去病传》：元狩二年春，为票骑将军，将万骑出陇西，有功。上曰：票骑将军率戎士，逾乌盭，讨遬濮，涉狐奴，历五王国，辎重人众摄詟者弗取，几获单于子。转战六日，过焉支山千有余里，合短兵，鏖皋兰下，杀折兰王，斩卢侯王。

"犁庭龙碛",《汉书·匈奴传》:"近不过旬月之役……固已犁其庭，扫其闾，郡县而置之。"〔案〕犁庭指谓灭异国。龙碛，即龙沙，《后汉书·班超传》:"定远慷慨，专功西遐，坦步葱雪，咫尺龙沙。"注:"葱岭雪山，白龙堆沙漠也。"

"饮至行勋爵"，谓凯旋而赏功。《左传·隐公五年》:"三年而治兵，入而振旅，归而饮至。"又《桓公二年》:"凡公行，告于宗庙。反行，饮至舍爵策勋焉，礼也。"

"坐令"，因使。

"貔貅"，谓猛士。《史记·五帝纪》:"（黄帝）教熊罴貔貅貙虎，以与炎帝战于阪泉之野。"《广韵》:"貔貅，猛兽。"

"寄语"，《汉书·匈奴传》:"是时，天子巡边，亲至朔方，勒兵十八万骑，以见武节。而使郭吉风告单于。"

喜迁莺

晋师胜淝上

长江千里。限南北雪浪，云涛无际。天险难逾，人谋克庄，索虏岂能吞噬。阿坚百万南牧，倏忽长驱吾地。破强敌，在谢公处画，从容颐指。　　　　奇伟。淝水上，八千戈甲，结阵当蛇豕。鞭弭周旋，旌旗麾动，坐却北军风靡。夜闻数声鸣鹤，尽道王师将至。延晋祚，庇烝民，周雅何曾专美。

《喜迁莺》，《词谱》："此调有小令、长调两体：小令起于唐人，《太和正音谱》注黄钟宫，因韦庄词有'鹤冲天'句，更名《鹤冲天》；和凝词有'飞上万年枝'句，名《万年枝》；冯延巳词有'拂面春风长好'句，名《春光好》；宋夏竦词名《喜迁莺令》。晏几道词名《燕归来》；李德载词有'残腊里、早梅芳'句，名《早梅芳》。长调起于宋人，《梅溪集》注黄钟宫，《白石集》注太簇宫，俗名中管高宫；江汉词，一名《烘春桃李》。"

"晋师胜淝上"，《晋书·孝武帝纪》："（太元八年）八月，苻坚帅众渡淮，遣征讨都督谢石、冠军将军谢玄、辅国将军谢琰、西中郎将桓伊等拒之……冬十月，苻坚弟融陷寿春。乙亥，诸将及苻坚战于肥水，大破之。"又《谢安传》："时苻坚强盛，疆埸多虞，诸将败退相继；安遣弟石及兄子玄等，应机征讨，所在克捷。拜卫将军、开府仪同三司，封建昌县公。坚后率众，号百万，次于淮肥，京师震恐。加安征讨大都督，玄入问计，安夷然无惧色。答曰：‘已别有旨。’既而寂然。玄不敢复言，乃令张玄重请。安遂命驾出山墅，亲朋毕集，方与玄围棋，赌别墅。安常棋劣于玄，是日玄惧，便为敌手，而又不胜。安顾谓其甥羊昙曰：‘以墅乞汝！’安遂游涉，至夜乃还，指授将帅，各当其任。玄等既破坚，有驿书至，安方对客围棋，客问之，徐答云：‘小儿辈遂已破贼。’既罢，还内，过户限，心喜甚，不觉屐齿之折，其矫情镇物如此。”又《谢玄传》：“及苻坚自率兵次于项城，众号百万，而凉州之师始达咸阳。蜀汉顺流，幽并系至，先遣苻融、慕容暐、张蚝、苻方等至颍口，梁成、王显等屯洛涧。诏以玄为前锋、都督徐兖青三州扬州之晋陵幽州之燕国诸军事，与叔父征虏将军石、从弟辅国将军琰、西中郎将桓伊、龙骧将军檀玄、建威将军戴熙、扬武将军陶隐等距之，众凡八万，玄先遣广陵相刘牢之五千人直指洛涧，即斩梁成及成弟云，步骑崩溃，争赴淮水，牢之纵兵追之，生擒坚伪将梁他、王显、梁悌、慕容屈氏等，收其军实。坚进屯寿阳，列阵临肥水，玄军不得渡。玄使谓苻融曰：‘君远涉吾境，而临水为阵，是不欲速战。诸君稍却，令将士得周旋，仆与诸君缓辔而观之，不亦乐乎！’坚众皆曰：‘宜阻肥水，莫令得上！我众彼寡，势必万全。'坚曰：'但却军，令得过，而我以铁骑数十万向水，逼而杀之。'融亦以为然，遂麾使却阵，众因乱不能止。于是玄与琰、伊等以精锐八千涉渡肥水。石军距张蚝，小退。玄、琰仍进，决战肥水南。坚中流矢，临阵斩融。坚众奔溃，自相蹈藉投水死者不可胜计，肥水为之不流。余众弃甲宵遁，闻风声鹤唳，皆以为王师已至；草行露宿，重以饥冻，死者十七八。获坚乘舆云母车，仪服、器械、军资、珍宝山积，牛、马、驴、骡、骆驼十万余。"

〔案〕《宋史·李纲传》曰："绍兴五年，诏问攻战守备措置绥怀之方，纲奏：愿陛下勿以敌退为可喜，而以仇敌未报为可愤；勿以东南为可安，而以中原未复、赤县神州陷于敌国为可耻；勿以诸将屡捷为可贺，而以军政未修，士气未振，而强敌犹得以潜逃为可虞。则中兴之期，可指日而俟。议者或谓敌马既退，当遂用兵，为大举之计，臣窃以为不然。……夫六朝之所以能保有江左者，以强兵巨镇，尽在淮南、荆、襄间。故以魏武之雄，符坚、石勒之众，宇文、拓拔之胜，卒不能窥江表。后唐李氏有淮南，则可以都金陵；其后淮南为周世宗所取，遂以削弱。近年以来，大将拥众兵于江南，官吏守空城于江北，虽有天险，而无战舰水军之制，故敌人得以侵扰窥伺；今当于淮之东南及荆襄，制三大帅，屯重兵以临之；分遣偏师，进守支郡，加以战舰水军，上运下接，自为防守。敌马虽多，不敢轻犯，则藩篱之势盛而无穷之利也。有守备矣，然后议攻战之利，分责诸路，因利乘便，收复京畿，以及故都。断以必为之志，而勿失机会。则以弱为强，取威定乱于一胜之间。逆臣可诛，强敌可灭，攻战之利，莫大于是。若夫万乘所居，必择形胜以为驻跸之所。然后能制服中外，以图事业。建康自昔号帝王之宅，江山雄壮，地势宽博，六朝更都之，臣昔举天下形势而言，谓关中为上；今以东南形势而言，则当以建康为便；今者銮舆未复旧都，莫若且以建康权宜驻跸；愿诏守臣治城池，修宫阙，立官府，创营壁，使粗成规模，以待巡幸。"其言与此词大旨，亦可互相印证。其后绍兴八年，高宗竟奠都临安，以为妥协苟安之计，故李纲此时力主驻跸建康，劝高宗不可过分退守。

"索虏"，南北朝时，南朝人骂北朝人叫索虏，亦曰索头或曰索头虏。《通鉴·魏纪·文帝二年》："宋魏以降，南北分治，各有国史，互相排黜，南谓北为索虏，北谓南为岛夷。"注："索虏者，以北人辫发，谓之索头也。"

"颐指"，《汉书·贾谊传》："陛下力制天下，颐指如意。"注：如淳曰："但动颐指麾，则所欲皆如意。"王先谦补注："凡人出气使人，颐与目俱，新书本作颐指。"《旧唐书·郭子仪传》："麾下老将，若李怀光辈数十人，皆王侯重贵，子仪颐指进退，如仆隶焉！"

"蛇豕"，古人骂侵略者叫封豕长蛇。《左传·定公四年》："吴为封豕长蛇，以荐食上国。"

"祚"，禄位，班固《东都赋》："汉祚中缺。"

"烝民"，即众民，《诗经·大雅》有《烝民》篇。

"周雅"，周诗有《小雅·采薇》及《六月》等篇，纪宣王征猃狁事。

水龙吟

太宗临渭上

古来夷狄难驯，射飞择肉天骄子。唐家建国，北边雄盛，无如颉利。万马崩腾，皂旗毡帐，远临清渭。向郊原驰突，凭陵仓卒，知战守、难为计。　　须信君王神武。觇虏营、只从七骑。长弓大箭，据鞍诘问，单于非义。戈甲鲜明，旌麾光彩，六军随至。怅敌情震骇，鱼循鼠伏，请坚盟誓。

"太宗临渭上"，《旧唐书·太宗纪》：(武德九年) 八月癸亥，高祖传位于皇太子，太宗即位于东宫显德殿。甲戌，突厥颉利、突利寇泾州。乙亥，突厥进寇武功，京师戒严。己卯，突厥寇高陵。辛巳，行军总管尉迟敬德与突厥战于泾阳，大破之，斩首千余级。癸未，突厥颉利至于渭水便桥之北，遣其酋帅执失思力入朝为觇，自张形势，太宗命囚之。亲出玄武门，驰六骑幸渭水上，与颉利隔津而语，责以负约。俄而众军继至，颉利见军容既盛，又知思力就拘，由是大惧，遂请和，诏许焉。即日还宫。〔案〕此词李纲亦以唐太宗之临大敌而不怯，用以激励高宗。当作于绍兴五年 (1135) 至八年 (1138) 之间。

"射飞择肉"，《隋书·突厥传》：突厥之先，平凉杂胡也。姓阿史那氏。其俗畜牧为事，随逐水草，不恒厥处。穹庐毡帐，被发左衽，食肉饮酪，身衣裘褐，贱老贵壮。有角弓鸣镝，甲矟刀剑，善骑射。性残忍，无文字，刻木为契，候月将满，辄为寇抄……

"颉利"，《旧唐书·突厥传上》曰：颉利可汗者，启民可汗第三子也。颉利初嗣立，承父兄之资，兵马强盛，有凭陵中国之志。高祖以中原初定，不遑外略，每优容之，赐与不可胜计。颉利言辞悖慢，求请无厌。

"七骑"，《旧唐书·太宗纪》及《突厥传》皆言六骑，《突厥传》云：太宗与侍中高士廉、中书令房玄龄、将军周范，驰六骑幸渭水之上。

念奴娇

宪宗平淮西

晚唐姑息，有多少方镇，飞扬跋扈。淮蔡雄藩连四郡，千里公然旅拒。同恶相资，潜伤宰辅，谁敢分明语。媕婀群议，共云旄节应付。　　於穆天子英明，不疑不贰处，登庸裴度。往督全师戚令使，擒贼功名归愬。半夜衔枚，满城深雪，忽已亡悬瓠。明堂坐治，中兴高映千古。

"宪宗平淮西"，《旧唐书·宪宗纪》："(元和十年正月)己亥，制削夺吴元济在身官爵。六月辛丑朔，癸卯，镇州节度使王承宗遣盗夜伏于靖安坊，刺宰相武元衡，死之；又遣盗于通化坊刺御史中丞裴度，伤首而免。是日，京城大骇。自京师至诸门加卫兵；宰相导从加金吾骑士，出入则彀弦露刃，每过里门，呵索甚喧；公卿持事柄者，以家僮兵仗自随。武元衡死，数日未获贼。兵部侍郎许孟容请见，奏曰：'岂有国相横尸路隅，不能擒贼！'因洒泣极言，上为之愤叹。乃诏京城诸道，能捕贼者，赏钱万贯，仍与五品官，敢有盖藏，全家诛戮。乃积钱二万贯于东西市。京城大索，公卿节将复壁重轑者皆搜之。庚戌，神策将士王士则、王士平，以盗名上言，且言王承宗所使，乃捕得张晏等八人诛之……（十一年正月）癸未，削夺王承宗在身官爵，所袭封邑赐武俊子金吾将军士平。十二年，……冬十月壬申，裴度往洄口观版筑五沟，贼遽至，注弩挺刃，将及度，而李光颜、田布扼其归路，大败之。是日，度几陷。……己卯，随唐节度使李愬，率师入蔡州，执吴元济以献，淮西平。"〔案〕《宋史·李纲传》："（绍兴）六年，纲至，引对内殿，朝廷方锐意大举……时宋师与金人、伪齐相持于淮泗者半年，纲奏：'两兵相持，非出奇不足以取胜。愿速遣骁将，自淮南约岳飞为掎角，夹击之，大功可成。'已而宋师屡捷，刘光世、张俊、杨沂中大破伪齐兵于淮、肥之上。车驾进发，幸建康。"词盖为此事而作。

"晚唐姑息"，《通鉴·唐纪·宪宗元和元年》："上与杜黄裳论及藩镇，黄裳曰：'德宗自经忧患，务为姑息，不生除节帅；有物故者，先遣中使察军情，所与则授之。中使或私受大将赂，归而誉之，即降旄钺，未尝有出朝廷之意者。'"

"有多少方镇，飞扬跋扈"，《新唐书·藩镇传》：魏博传五世，至田弘正入朝，十年复乱，更四姓，传十世，有州七（魏、博、贝、相、卫、磁、洺）。成德（即镇冀）更二姓，传五世，至王承元入朝；明年，王廷凑反，传六世，有州六（恒、定、易、深、赵、冀）。卢龙更三姓，传五世，至刘总入朝；六月，朱克融反，传十二世，有州九（幽、涿、莫、瀛、平、檀、妫、蓟、营）。淄青传五世而灭，有州十二（淄、青、齐、海、登、莱、沂、密、曹、濮、兖、郓）。沧景传三世，至程权入朝，十六年而李全略有之，至其子同捷而灭，有州四（沧、景、德、棣）。宣武传四世而灭，有州四（汴、宋、亳、颍）。彰义传三世而灭，有州三（申、光、蔡）。泽潞传三世而灭，有州五（潞、泽、邢、磁、洺）。这些藩镇都是自安史乱后兴起的割据的地方军阀，他们互结婚姻，遥为声援，收集安史余众，练兵修城，任命官吏，扣留租税，拥兵坐大，不服朝廷命令，忽顺忽叛，而他们间也离合不常，内部又自相杀夺。纷扰至数十年不息。详情请参考《旧唐书·田承嗣传》《李宝臣传》《李正己传》《程日华传》《刘玄佐传》《吴少诚传》《刘司传》等，以及《新唐书·藩镇传》。

"淮蔡雄藩连四郡"，此句似指唐德宗李适建中四年（783），朱滔（冀王）、田悦（魏王）、王武俊（赵王）、李纳（齐王）四镇共推淮宁节度使李希烈作皇帝而言。

"旅拒"，同旅距，《后汉书·马援传》："黠羌欲旅距。"王先谦《集解》："聚众相拒耳。"

"同恶相资"，《史记·吴王濞传》："同恶相助，同好相留，同情相成，同欲相趋，同利相死。"按《旧唐书·武元衡传》："上方讨淮、蔡，悉以机务委之。时王承宗遣使奏事，请赦吴元济。请事于宰相，辞礼悖慢，元衡叱之。承宗因飞章诋元衡，怨咎颇结。"又《通鉴·唐纪·宪宗十年》："上自李吉甫薨，悉以用兵事委武元衡，李师道所养客说李师道曰：'天子所以锐意诛蔡者，元衡赞之也，请密往刺之。元衡死，则他相不敢主其谋，争劝天子罢兵矣。'师道以为然，即资给遣之。……戊辰，斩晏等五人，杀其党十四人，李师道客竟潜匿亡去。"知当时同恶相资者，吴元济、王承宗、李师道诸人是也。

"潜伤宰辅",《旧唐书·武元衡传》:元衡宅在静安里,九年六月三日,将朝,出里东门,有暗中叱使灭烛者,导骑呵之,贼射之中肩。又有匿树阴突出者,以梧击元衡左股。其徒驭已为贼所格,奔逸;贼乃持元衡马,东南行十余步害之,批其颅骨怀去。及众呼偕至,持火照之,见元衡已踣于血中,即元衡宅东北隅墙之外。时夜漏未尽,陌上多朝骑及行人,铺卒连呼十余里,皆云贼杀宰相,声达朝堂。百官恟恟,未知死者谁也。

"婀娜群议,共云旄节应付",《旧唐书·裴度传》曰:"(元和十一年)六月,先是诏群臣各献诛吴元济可否之状,朝臣多言罢兵赦罪为便,翰林学士钱徽、萧俛语尤切,唯度言贼不可赦。宰相李逢吉、王涯等三人,以劳师弊赋,意欲罢兵。"婀娜,不决之貌,韩愈《石鼓歌》:"讵肯感激徒婀娜。"又《通鉴·唐纪》:"(宪宗十年)正月,吴元济纵兵侵掠,及于东畿,己亥,制削元济官爵,命宣武等十六道进军讨之。"此云旄节应付,因当时吴元济已削官,而朝臣多主赦罪复其官职者。〔案〕此词李纲乃以唐代之主和派李逢吉、王涯等斥当时投降派的黄潜善、汪伯彦、秦桧之流。

"於穆天子英明,不疑不贰处,登庸裴度。往督全师威令使"，《旧唐书·裴度传》：初，元衡遇害，献计者或请罢度官以安二镇之心；宪宗大怒曰：若罢度官，是奸计得行，朝纲何以振举？吾用度一人，足以破此二贼矣。度亦以平贼为己任。度以所伤，请告二十余日，诏以卫兵宿度私第，中使问讯不绝。时群盗干纪，变起都城，朝野恐骇；及度命相制下，人情始安，以为必能殄寇。自是诛贼之计，日闻献替，用军愈急……帝问之，对曰：臣请身自督战！明日延英重议，逢吉等出，独留度，谓之曰：卿必能为朕行乎？度俯伏流涕曰：臣誓不与贼俱全。度复奏曰：臣昨见吴元济乞降表，料此逆贼，势实窘蹙；但诸将不一，未能迫之，故未降耳。若臣自赴行营，则诸将各欲立功，以固恩宠，破贼必矣。翌日，诏（以度为）门下侍郎同中书门下平章事、蔡州刺史，充彰义军节度、申光蔡观察等使，仍充淮西宣慰（原有招讨二字，从裴度意删）处置使。"於穆天子，赞美宪宗之辞。《诗·周颂·清庙》："於穆清庙！"《毛传》："於，叹辞也。穆，美也。"登庸，谓提升而任用之。《尚书·尧典》："畴咨若时登庸。"

"擒贼功名归愬。半夜衔枚，满城深雪，忽已亡悬瓠"。《通鉴·唐纪五十六·宪宗元和十二年》："（冬十月）辛未，李愬命马步都虞候、随州刺史史旻等留镇文城，命李祐、李忠义帅突将三千为前驱，自与监军将三千人为中军，命李进诚将三千人殿其后。军出，不知所之，愬曰：但东行。行六十里，夜至张柴村，尽杀其戍卒及烽子，据其栅，命士卒少休，食干糒，整羁鞯，留义成军五百人镇之，以断朗山救兵。命丁士良将五百人断洄曲及诸道桥梁，复夜引兵出门。诸将请所之，愬曰：入蔡州，取吴元济。诸将皆失色。监军哭曰：果落李祐奸计！时大风雪，旌旗裂，人马冻死者相望，天阴黑，自张柴村以东道路，皆官军所未尝行。人人自以为必死，然畏愬，莫敢违。夜半雪益甚，行七十里至州城。近城有鹅鸭池，愬令惊之，以混军声。自吴少诚拒命，官军不至蔡州城下三十余年，故蔡人不为备。壬申，四鼓，愬至城下，无一人知者。李祐、李忠义镬其城为坎以先登，壮士从之。守门卒方熟寐，尽杀之，而留击柝者，使击柝如故。遂开门纳众，及里城亦然。城中皆不之觉，鸡鸣雪止，愬入居元济外宅。或告元济曰：官军至矣。元济尚寝，笑曰：俘囚为盗耳。晓当尽戮之。又有告者曰：城陷矣。元济曰：此必洄曲子弟就吾求寒衣也。起，听于廷，闻愬军号令曰：常侍传语。应者近万人。元济始惧，曰：何等常侍，

能至于此？乃帅左右登牙城拒战。时董重质拥精兵万余人据
洄曲，愬曰：元济所望者，重质之救耳。乃访重质家，厚抚
之，遣其子传送持书谕重质，重质遂单骑诣愬降。愬遣李
进诚攻牙城，毁其外门，得甲库，取其器械。癸酉，复攻
之，烧其南门。民争负薪刍助之。城上矢如蝟毛。晡时，门
坏，元济于城上请罪，进诚梯而下之。甲戌，愬以槛车送元
济诣京师，且告于裴度。是日，申、光二州及诸镇兵二万余
人相继来降。自元济就擒，愬不戮一人，凡元济官吏帐下厨厩
之卒，皆复其职，以待裴度。"《旧唐书·裴度传》曰："十月
十一日，唐邓节度使李愬袭破悬瓠城，擒吴元济。"《水经注》：
"汝水又东，径悬瓠城北。"〔案〕其地在今河南汝南县治。

雨霖铃

明皇幸西蜀

蛾眉修睩。正君王恩宠，曼舞丝竹。华清赐浴瑶甃，五
家会处，花盈山谷。百里遗簪堕珥，尽宝钿珠玉。听突骑、
鼙鼓声喧，寂寞霓裳羽衣曲。　　金舆远幸匆匆速。奈六军
不发人争目。明眸皓齿难恋，肠断处、绣囊犹馥。剑阁峥嵘，
何况铃声，带雨相续。谩留与、千古伤神，尽入生绡幅。

　　《雨霖铃》，宋乐史《太真外传》：上（明皇）至斜谷口，属霖雨弥旬，于栈道中闻铃声，隔山相应。上既悲悼贵妃，因采其声为雨霖铃曲，以寄恨焉。

　　"明皇幸西蜀"，《旧唐书·玄宗纪》：（天宝十四载十一月）丙寅，范阳节度使安禄山率蕃、汉之兵十余万，自幽州南向诣阙，以诛杨国忠为名。（十五载六月）庚寅，哥舒翰将兵八万与贼将崔乾祐战于灵宝西原，官军大败，死者十六七。辛卯，哥舒翰至潼关，为其帐下火拔归仁以左右数十骑执之降贼，关门不守，京师大骇。河东、华阴、上洛等郡，皆委城而走。甲午，将谋幸蜀，乃下诏亲征，仗下后；士庶恐骇，奔走于路。乙未凌晨，自延秋门出，微雨沾湿。扈从惟宰相杨国忠、韦见素、内侍高力士及太子、亲王、妃主、皇孙已下多从之不及。平明渡便桥，国忠欲断桥，上曰：后来者何以能济？命缓之。辰时至咸阳望贤驿置顿，官吏骇散，无复储供。上憩于宫门之树下，亭午未进食，俄有父老献糁，上谓之曰：如何得饭？于是百姓献食相继。俄又尚食持御膳至，上颁给从官而后食。是夕，次金城县，官吏已遁。令魏方进男允招诱，俄得智藏寺僧进刍粟，行从方给。丙辰，次马嵬驿，诸卫顿军不进，龙武大将军陈玄礼奏曰：逆胡指阙，以诛国忠为名；然中外群情，不无嫌怨；今国步艰阻，乘舆震荡，陛下宜徇群情，为社稷大计，国忠之徒，可置之于法。会吐蕃使二十一人遮国忠，告诉于驿门，众呼曰：杨国忠连蕃人谋逆！兵士围驿四合，乃诛杨国忠、魏方进一族，兵犹未解。上令高力士诘之，回奏曰：诸将既诛国忠，以贵妃在宫，人情恐惧。上即命力士赐贵妃自尽。〔案〕《宋史·李纲传》："靖康元年，以吴敏为行营副使，纲为参谋官。金将斡离不兵渡河，徽宗东幸，宰执议请上暂避敌锋，纲曰：道君皇帝挈宗社以授陛下，委而去之，可乎？上默然。太宰白时中谓都城不可守，纲曰：天下城池，岂有如都城者？……乃以纲为尚书右丞，宰执犹守避敌之议；有旨，以纲为东京留守，纲为上力陈所以不可去之意，且言：明皇闻潼关失守，即时幸蜀；宗庙朝廷，毁于贼手。范祖禹以为其失在于不能坚守以待援。今四方之兵，不日云集，陛下奈何轻举，以蹈明皇之覆辙乎？"所言，亦可与此词互相印证。

"蛾眉修睩"，《楚辞·招魂》："蛾眉曼睩，目腾光些。"此修睩，即曼睩也。白居易《长恨歌》"芙蓉如面柳如眉"盖比之此词，写法有抽象和具体之不同。

"君王恩宠，曼舞丝竹"，陈鸿《长恨传》："诏高力士潜搜外宫，得弘农杨玄琰女于寿邸，既笄矣，鬓发腻理，纤秾中度，举止闲冶，如汉武帝李夫人。别疏汤泉，诏赐澡莹。既出水，体弱力微，若不胜罗绮，光彩焕发，转动照人。上甚悦，奏霓裳羽衣曲以导之；定情之夕，授金钗钿合以固之。又令戴步摇，垂金珰。明年，册为贵妃，半后服用。"白居易《长恨歌》云："缓歌慢舞凝丝竹，尽日君王看不足。"

"华清赐浴瑶甃"，《太真外传》："上每年冬十月，幸华清宫，常经冬还宫阙，去即与妃同辇。华清有端正楼，即贵妃梳洗之所；有莲花汤，即贵妃澡沐之室。"《长恨歌》："春寒赐浴华清池，温泉水滑洗凝脂。"汤池为玉所砌，故曰瑶甃。

"五家会处"四句，《太真外传》："七载，加钊御史大夫，权京兆尹，赐名国忠。封大姨为韩国夫人，三姨为虢国夫人，八姨为秦国夫人，同日拜命，皆月给钱十万，为脂粉之资。铦授银青光禄大夫、鸿胪卿，将列棨戟，特授上柱国，一日三诏。与国忠五家于宣阳里，甲第洞开，僭拟宫掖，车马仆从，照耀京邑。天子幸其第，必过五家，赏赐燕乐。扈从之时，每家为一队，队著一色衣，五家合队相映，如百花之焕发。遗钿坠舄，瑟瑟珠翠，灿于路歧可掬。曾有一人俯身一窥其车，香气数日不绝。"

"听突骑、鼙鼓声喧"一句，亦从《长恨歌》"渔阳鼙鼓动地来，惊破霓裳羽衣曲"二句化出。

"人争目"，《长恨传》："叔父昆弟，皆列位清贵，爵为通侯。姊妹封国夫人，富埒王宫，出入禁门不问，京师长吏，为之侧目。"

"绣囊犹馥"，《太真外传》："（至德二年）十一月，上自成都还，密令中官潜移葬之于他所。妃之初瘗，以紫褥裹之，及移葬，肌肤已消释矣，胸前犹有锦香囊在焉。"

"剑阁峥嵘"，李白《蜀道难》："剑阁峥嵘而崔嵬。"

"尽入生绡幅"，《太真外传》："又令画工写妃形于别殿，朝夕视之而歔欷焉。"

喜迁莺

真宗幸澶渊

边城寒早，恣骄虏，远牧甘泉丰草。铁马嘶风，毡裘凌雪，坐使一方云扰。庙堂折冲无策，欲幸坤维江表。叱群议，赖寇公力挽，亲行天讨。　　缥缈。銮辂动，霓旌龙旆，遥指澶渊道。日照金戈，云随黄伞，径渡大河清晓。六军万姓呼舞，箭发狄酋难保。虏情慑，誓书来，从此年年修好。

"真宗幸澶渊"，《宋史·真宗纪》：景德元年，八月己未，以毕士安、寇准并平章事。九月丁酉，召宰相议亲征。十一月乙卯，遣使抚河北。契丹攻瀛州，知州李延渥率兵败之，杀伤十余万众，遁去。官吏进秩，赐物有差。己未，遣使安抚河东诸州。契丹逼冀州，知州王屿击走之。戊辰，以山南东道节度、同平章事李建隆为驾前东面排阵使，武宁军节度、同平章事石保吉为驾前西面排阵使。庚午，车驾北巡。癸酉，驻跸韦城县。甲戌，寒甚，左右进貂帽毳裘，却之曰：臣下皆苦寒，朕安用此？王继忠数驰奏请和……契丹兵至澶州北，直犯前军西阵，其大将挞览耀兵出阵，俄中伏弩死。丙子，帝次澶州。渡河，幸北砦，御城北楼，召诸将抚慰。郓州得契丹谍者，斩之。戊寅，曹利用使契丹还。十二月庚辰朔，契丹使韩杞来讲和。辛巳，遣使安抚河北、京东。壬午，幸城南临河亭，赐凿凌军绵襦。癸未，幸北砦，又幸李继隆营，命从官将校饮，犒赐诸军有差，诏谕两京以将班师。丙戌，遣使抚谕怀、孟、泽、潞、郑、滑等州，放强壮归农。遣监西京左藏库李继昌使契丹定和；戒诸将勿出兵邀其归路。戊子，幸北砦劳军，诏李继隆、石保吉宴射行宫西亭。甲午，车驾发澶州。大寒，赐道旁平民襦袴。乙未，契丹使丁振以誓书来。丁酉，契丹兵出塞。辛丑，录契丹誓书。

〔案〕真宗幸澶渊，《宋史》里记载比较冠冕堂皇，但《辽史》所记则与此大有出入。《辽史·圣宗（耶律隆绪）本纪》："统和二十二年：闰九月己未，南伐。癸亥，次固安。以所获谍者，射鬼箭。丙寅，辽师与宋兵战于唐兴，大破之。丁卯，萧挞凛（即《宋史·真宗纪》中的挞览）与宋军战于遂城，败之。庚午，军于望都。十月丙戌，攻瀛州，不克。十一月癸亥，军马都指挥使耶律课里遇宋兵于洺州，击退之。甲子，东京留守萧排押获宋魏府官吏田逢吉、郭守荣、常显、刘绰等以献。丁卯，南院大王善补奏宋遣人遗王继忠（宋降将）弓矢，密请求和，诏继忠与使会，许和。庚午，攻破德清军。壬申，次澶渊，萧挞凛中伏弩死。乙亥，攻破通利军。丁丑，宋遣崇仪副使曹利用请和，即遣飞龙使韩杞持书报聘。十二月癸未，宋复遣曹利用，以无还地之意，遣监门卫大将军姚柬之持书往报。戊子，宋遣李继昌请和，以太后为叔母，愿岁输银十万两，绢二十万匹。许之，即遣阁门使丁振持书报聘。己丑，诏诸军解严。"可知真宗这次出师，仍然未得胜利，不过比起石敬瑭割燕云十六州于耶律德光，赵光义和辽人作战，屡吃败仗，在表面上是"争光"多了。真宗名赵恒，太宗光义第三子。

"澶渊"，古湖泽名，亦曰繁渊、繁澶，今名澶州陂，在河南省濮阳县西南。〔案〕《宋史·李纲传》："（绍兴）五年，诏问攻战、守备、措置、绥怀之方，纲奏：'惟自昔创业、中兴之主，必躬冒矢石，履行阵而不避……本朝太祖、太宗定维扬，平泽、潞，下河东，皆躬御戎辂；真宗亦有澶渊之行，措天下于大安，此所谓始忧勤而终逸乐也。若夫退避之策，可暂而不可常，可一而不可再，退一步则失一步，退一尺则失一尺。往时自南都退而至维扬，则关陕、河北、河东失矣；自维扬退而至江浙，则京东、西失矣，万一有敌骑南牧，复将退避，不知何所适而可乎？'"所言亦可与此词互相印证。"边城寒早，恣骄虏，远牧甘泉丰草"，此两言契丹自石敬瑭割让燕云十六州之后，始终为中国东北大患。宋太宗赵光义两次北伐失败（一次在太平兴国四年〔979〕，一次在雍熙三年〔986〕）后，到至道元年

（995）以后，屡屡入寇。直到真宗景德元年（1004），益愈
大举。

"铁马"，陆倕《石阙铭》："铁马千群，朱旗万里。"盖
指壮马而言。

"毡裘"，《后汉书·郑众传》："臣诚不忍持大汉节，对
毡裘独拜。"亦作旃裘，盖指胡服而言。

"一方云扰"，《汉书·叙传》："天下云扰。"注："言盗
贼扰乱，如云而起。"又《三国志·吴志·鲁肃传》："今汉
室倾危，四方云扰。"

"庙堂折冲无策，欲幸坤维江表"，《宋史·寇准传》：
"既而契丹围瀛州，直犯贝魏，中外震骇。参知政事王钦若，
江南人也，请幸金陵；陈尧叟，蜀人也，请幸成都。"

"庙堂"，即朝廷。《后汉书·班固传》：固奏记东平王
苍曰："将军养志和神，优游庙堂。"

"折冲"，《诗·大雅·绵》传："折冲曰御侮。"疏："能
折止敌人之冲突者。"又《晏子春秋》："夫不出尊俎之间，
而知千里之外，可谓折冲矣。"

"坤维"，《淮南子》："坤维在西南。"谓陈尧叟所主张之
迁成都。

"江表"，《三国·魏志·文帝纪》："以荆扬江表八郡为荆州。"谓王钦若所主张之迁金陵。

"叱群议，赖寇公力挽，亲行天讨"，《宋书·寇准传》：寇准，字平仲，华州下邽人也。是时契丹内寇，纵游骑掠深、祁间，小不利，辄引去，徜徉无斗意。准曰："是狃我也。请练师命将，简骁锐据要害以备之。"是冬，契丹果大入。急书一夕凡五至，准不发，饮笑自如。明日，同列以闻，帝大骇，以问准。准曰："陛下欲了此，不过五日耳。"因请帝幸澶州。同列惧，欲退，准止之，令候驾起。帝难之，欲还内。准曰：陛下入，则臣不得见，大事去矣。请毋还而行。帝乃议亲征……帝问准，准心知二人谋，乃阳若不知，曰："谁为陛下画此策者，罪可诛也。今陛下神武，将臣协和，若大驾亲征，贼自当遁去，不然，出奇以挠其谋，坚守以老其师，劳佚之势，我得胜算矣。奈何弃庙社欲幸楚、蜀远地，所在人心崩溃，贼乘势深入，天下可复保耶？"遂请帝幸澶州。

"銮辂"，即銮驾，指天子之车驾而言。《三国志·魏志·陈思王植传》："何事劳动銮驾，暴露于边境哉？"

"霓旌"，《宋史·乐志》："霓旌羽盖，导仪护卫。"是宋代皇帝仪仗的一种。

"龙旆",《宋史·仪卫志》:"国初卤簿",有大黄龙负图旗,五龙旗,青龙旗等名称。

"金戈""黄伞",亦皇帝仪仗。《宋史·仪卫志》有刀盾弓矢等名,即金戈;又有伞扇等名,即黄伞。

"狄酋难保",指上言萧挞览中伏弩而死事。

张元幹（1091—?）

字仲宗，长乐人，向伯恭之甥，有《芦川归来集》，其词名《芦川词》，有宋六十名家词本，凡一卷，又有双照楼景刊宋元本词本，凡二卷。

芦川为爱国词人，与胡仔同时。尝因寄李纲及送胡铨作《贺新郎》词，触怒秦桧，追付大理削籍。

石州慢

雨急云飞，惊散暮鸦，微弄凉月。谁家疏柳低迷，几点流萤明灭。夜帆风使，满湖烟水苍茫，菰蒲零乱秋声咽。梦断酒醒时，倚危樯清绝。　　心折。长庚光怒，群盗纵横，逆胡猖獗。欲挽天河，一洗中原膏血。两宫何处，塞垣只隔长江，唾壶空击悲歌缺。万里想龙沙，泣孤臣吴越。

《石州慢》，《宋史·乐志》入越调。贺铸词有"长亭柳色才黄"句，名《柳色黄》；谢懋词名《石州引》。《能改斋漫录》："贺方回眷一妓，别久，妓寄诗云：'……深恩纵似丁香结，难展芭蕉一寸心。'"贺用其语赋《石州慢》答之，有"芭蕉不展丁香结"之句。

"低迷"，困倦之态。《文选·嵇康养生论》："夜分而坐，则低迷思寝。"

"心折"，言中心摧伤。《文选·江淹别赋》："使人意夺神骇，心折骨惊。"

"长庚光怒"，长庚即太白，《晋书·天文志》云："太白曰西方、秋、金，义也，言也；义亏言失，逆秋令，伤金气，罚见太白。太白进退以候兵，高卑迟速，静躁见伏，用兵皆象之。"此词盖亦借用传说以为义亏、言伤、兵乱作写照。

"群盗纵横"，此处有许多是义兵，因为壮志难展，安插失所，不能完全听命，而被流亡政府目为盗贼的，正复不少。《宋史·宗泽传》：泽疏曰："自敌围京城，忠义之士，愤懑争奋，广之东西、湖之南北、福建、江淮，越数千里，争先勤王。当时大臣，无远识大略，不能抚而用之，使之饥饿困穷，弱者填沟壑，强者为盗贼。此非勤王者之罪，乃一时措置乖谬所致耳。"

"两宫"，指徽、钦二宗而言。考徽宗以绍兴五年（1135）死于金，则此词当作于其前。

"唾壶空击悲歌缺"，《晋书·王敦传》："（敦）每酒后，辄咏魏武帝乐府歌曰：'老骥伏枥，志在千里；烈士暮年，壮心不已.'以如意打唾壶为节,壶边尽缺。"此词引古人故事,而着重用其"烈士暮年,壮心不已"意。

"万里想龙沙",应上"两宫何处"意,盖以徽、钦二宗所在地为龙沙。《后汉书·班超传赞》"咫尺龙沙"注:"白龙堆沙漠也。"

"吴越",张所在地。

贺新郎

寄李伯纪丞相

曳杖危楼去。斗垂天、沧波万顷,月流烟渚。扫尽浮云风不定,未放扁舟夜渡。宿雁落、寒芦深处。怅望关河空吊影,正人间、鼻息鸣鼍鼓。谁伴我,醉中舞。　　十年一梦扬州路。倚高寒、愁生故国,气吞骄虏。要斩楼兰三尺剑,遗恨琵琶旧语。谩暗涩、铜华尘土。唤取谪仙平章看,过苕溪、尚许垂纶否。风浩荡,欲飞举。

《贺新郎》,《词谱》:叶梦得词有"唱金缕"句,名《金缕歌》,又名《金缕曲》,又名《金缕词》;苏轼词有"乳燕飞华屋"句,名《乳燕飞》;有"晚凉新浴"句,名

《贺新凉》；有"风敲竹"句，名《风敲竹》。张辑词有"把
貂裘换酒长安市"句，名《貂裘换酒》。

"寄李伯纪丞相"，伯纪即李纲，词云"十年一梦扬州
路"，知此词当作于宋南渡十年前后，约在高宗绍兴五六年
间。考《宋史·李纲传》，纲为尚书左仆射兼门下侍郎，在
绍兴元年，在职才七十日，旋即在二年以观文殿学士出任湖
广宣抚使兼知潭州；五年，又改除江西安抚制置大使兼知洪
州。此时纲罢相已久，故有谪仙之言。

"斗"，星斗。

"宿雁"二句，宿雁盖用苏轼《卜算子》词意以自喻。
因张氏固自号芦川也。又时张留江浙，而李在湖广，故有怅
望关河之语。

"人间鼻息鸣鼍鼓"，大有屈子卜居，"众人皆醉"之
旨。鼍，即鼍龙，又名猪婆龙，属脊椎动物爬虫类。其皮
坚，可以张鼓。故《诗·大雅·灵台》云："鼍鼓逄逄。"

"高寒"，喻朝廷阴暗，盖用苏轼《水调歌头》"我欲乘
风归去，又恐琼楼玉宇，高处不胜寒"意，故下有"愁生故
国"之言。

"斩楼兰"，《汉书·傅介子传》："傅介子，北地人也。

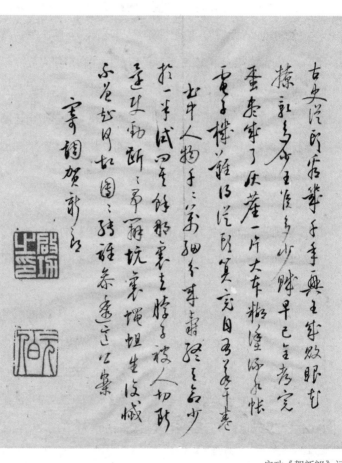

启功《贺新郎》词

白鴨煙中烤怎能分哪道腰腹哪道
頭腦如果有人燃白菜抓起一包便了事
寫上誰家幾葉偶爾打開詳細看脊錐
尖重複知多少有的像牛捋角三分氣
在千般好也無作裝腔作勢舌能手巧
裹上包裝分品種多式長衣短襖益未
把旁人嚇倒試向浴池迸上客現原形爬
出才能跑个、是煙中寶

右調賀新郎 启功

启功《贺新郎》词

介子谓大将军霍光曰：楼兰、龟兹，数反覆而不诛，无所惩艾，愿往刺之，以威示诸国。大将军于是白遣之。至楼兰，楼兰王意不亲介子，介子阳引去，至其西界，使译谓曰：'汉使者持黄金、锦绣，行赐诸国，王不来受，我去之西国矣。'即出金币以示译。译还报王。王贪汉物，来见使者。介子与坐饮，陈物示之，饮酒皆醉，介子谓王曰：天子使我私报王。王起，随介子入帐中，屏语，壮士二人从后刺之，刃交胸，立死。"此词殆以楼兰影射金国。

"遗恨琵琶旧语"，晋傅玄《琵琶赋序》，汉遣乌孙公主嫁昆弥，于马上作此乐。

"谩暗涩铜华尘土"，宋时有铜琵琶，如《历代诗余》引《吹剑录》所云："学士词，须关西大汉，铜琵琶，铁绰板，唱大江东去。"是也。铜华，即铜锈，下面言尘土，故上言暗；下面言铜华，故上言涩。此句意盖出于杜牧诗"折戟沉沙铁未销"之意。

"谪仙"，李白诗："世人不识东方朔，大隐金门是谪仙。"又《唐书·李白传》："白至长安，往见贺知章，知章见其文，叹曰：'子谪仙人也。'"〔案〕李纲《水调歌头》题李太白画像云："太白乃吾祖。"而且他这时又已罢相贬官，故元幹以此称之。

"平章",筹画之意。《太平广记》:"当为儿平章。"

"看",试探性语助。杜甫《空囊》云:"囊空恐羞涩,留得一钱看。"又白居易《松下琴赠客》:"偶因群动息,试拨一声看!"皆其例。

"过苕溪、尚许垂纶否",苕溪垂纶,似用唐张志和故事。《新唐书·隐逸传》:"张志和,字子同,婺州金华人。亲既丧,不复仕,居江湖,自号烟波钓升徒。颜真卿为湖州刺史,志和来谒,真卿以舟敝漏,请更之。志和曰:'愿为浮家泛宅,往来苕雪间。'"此句盖有退休意,愿得李纲一言以为定。

贺新郎
送胡邦衡待制赴新州

梦绕神州路。怅秋风、连营画角,故宫离黍。底事昆仑倾砥柱。九地黄流乱注。聚万落、千村狐兔。天意从来高难问,况人情、老易悲如许。更南浦,送君去。　　凉生岸柳催残暑。耿斜河、疏星淡月,断云微度。万里江山知何处。回首对床夜语。雁不到、书成谁与。目尽青天怀今古,肯儿曹、恩怨相尔汝。举大白,听金缕。

　　"送胡邦衡待制赴新州"，《宋史·胡铨传》："胡铨字邦衡，庐陵人。建炎二年，高宗策士淮海，铨因御题问'治道本天，天道本民'，答云：汤、武听民而兴，桀、纣听天而亡；今陛下起干戈锋镝间，外乱内讧，而策臣数十条，皆质之天，不听于民。又谓：今宰相非晏殊，枢密、参政非韩琦、杜衍、范仲淹。策万余言。授抚州军事判官，未上，会隆祐太后避兵赣州，金人蹂之，铨以漕檄摄本州幕。募乡丁助官军捍御。第赏转承直郎。绍兴五年，张浚开督府，辟湖北仓属，不赴；有诏赴都堂审察，兵部尚书吕祉以贤良方正荐，赐对，除枢密院编修官。八年，宰相秦桧决策主和，金使以诏谕江南为名，中外汹汹，铨抗疏言曰：堂堂大国，相率而拜犬豕，曾童孺之所羞，而陛下忍为之耶？陛下竭民膏血而不恤，忘国大仇而不报……则桧也不惟陛下之罪人，实管仲之罪人矣。孙近傅会桧议，遂得参知政事……臣窃谓秦桧、孙近亦可斩也。书既上，桧以铨狂妄凶悖，鼓众劫持，诏除名，编管昭州，仍降诏播告中外。给、舍、台谏及朝臣多救之者。桧迫于公论，乃以铨监广州盐仓。十二年，谏官罗汝楫劾铨'饬非横议'，诏除名，编管新州。十八年，新州守臣张棣讦铨与客唱酬，谤讪怨望，移谪吉阳军。二十六年，桧死，铨量移衡州。"则知此词为绍兴十二年（1142）所作。

"神州"，此指中原而言。《世说·轻诋》：桓公入洛，过淮泗，践北境，与诸仔属登平乘楼，眺瞩中原，慨然曰："遂使神州陆沉，百年丘墟，王夷甫诸人不得不任其责！"

"怅秋风"，〔案〕《宋史·高宗纪》：绍兴十二年秋七月壬辰朔，福州签判胡铨除名，新州编管。

"连营画角"，谓金人南犯，祸结兵连。画角，陈旸《乐书》：胡角本应胡笳之声，其制并五彩衣幡，掌画蛟龙，五采脚。《弦管记》：（胡）角有双角，即今画角。

"离黍"，《诗·王风》有《黍离》篇，序云：黍离，闵宗周也。周大夫行役，至于宗周，过故宗庙宫室，尽为禾黍；闵周室之颠覆，彷徨不忍去，而作是诗也。

"底事"，即何故。

"昆仑倾砥柱"，《淮南子·原道训》："昔者，共工与颛顼争为帝，怒而触不周之山……天倾西北。"此词用其意，而少变其辞；暗喻金人入寇，宋土不完也。

"九地黄流乱注"，此亦暗喻，用《孟子·滕文公》篇"洪水横流，泛滥于天下"的意思，而少变其辞。九地，谓天下之八方与中央。与九有之域同。

"狐兔"，骂敌之辞，如《宋史·胡铨传》所云"今丑虏则犬豕也"之比。

"天意难问"，斥高宗苟安投降政策。

"南浦送君"，《文选·江淹别赋》："送君南浦，伤如之何？"

"斜河"，即天汉。

"雁书"，《汉书·苏武传》：昭帝即位。数年，匈奴与汉和亲。汉求武等，匈奴诡言武死。后汉使复至匈奴，常惠请其守者与俱，得夜见汉使，具自陈道，教使者谓单于，言天子射上林中，得雁，足有系帛书，言武等在某泽中。

"恩怨尔汝"，儿女柔情的表现。韩愈《听颖师弹琴》："昵昵儿女语，恩怨相尔汝。"

"大白"，酒杯。《说苑·善说》篇：魏文侯与大夫饮酒，使公乘不仁为觞政，曰："饮不釂者，浮以大白。"《文选·左思吴都赋》"举白"注："大白，杯名，有犯令者举而罚之。"

水调歌头

同徐师川泛太湖舟中作

落景下青嶂，高浪卷沧洲。平生颇惯，江海掀舞木兰舟。

百二山河空壮，底事中原尘涨，丧乱几时休。泽畔行吟处，天地一沙鸥。　想元龙，犹高卧，百尺楼。临风酹酒，堪笑谈话觅封侯。老去英雄不见。惟与渔樵为伴。回首得无忧。莫道三伏热，便是五湖秋。

　　"同徐师川泛太湖舟中作"，《宋史·徐俯传》：徐俯，字师川，洪州分宁人。以父禧死国事，授通直郎，累官至司门郎。靖康中，张邦昌僭位，俯遂致仕。时工部侍郎何昌言与其弟昌辰避邦昌，皆改名。俯买婢名昌奴，遇客至，即呼前驱使之。建炎初，落致仕，奉祠。内侍郑谌识俯于江西，重其诗，荐于高宗，胡直孺在经筵，汪藻在翰苑，迭荐之，遂以俯为右谏议大夫。绍兴二年，赐进士出身，兼侍读。三年，迁翰林学士，俄擢端明殿学士、签书枢密院事。四年，兼权参知政事。绍兴十年卒，俯才俊，与曾几、吕本中游，有诗集六卷。

　　"落景"，即落日。

　　"嶂"，山之壁立似屏幛者。

　　"木兰舟"，《述异记》："木兰舟在浔阳江，中多木兰树，昔吴王阖闾植木兰于此，用构宫殿也。七里洲中，有鲁班刻木兰为舟，舟至今在洲中。"诗云木兰舟，出于此。

"百二山河"，《史记·高祖纪》："秦，形胜之国，带河山之险，县隔千里，持戟百万，秦得百二焉。"《集解》引苏林曰：秦地险固，二万人足当诸侯百万人也。

"泽畔行吟"，《楚辞·渔父》：行吟泽畔。

"天地一沙鸥"，用杜甫《旅夜书怀》成句，表示天地无穷，人生有限之慨。

"元龙高卧"，《三国·魏志·陈登传》："陈登者，字元龙，在广陵有威名。又掎角吕布有功，加伏波将军，年三十九卒。后许汜与刘备并在荆州牧刘表坐，表与备共论天下人，汜曰：'陈元龙湖海之士，豪气不除。'……备问汜：'君言豪，宁有事耶？'汜曰：'昔遭乱过下邳，见元龙。元龙无客主之意，久不相与语。自上大床卧，使客卧下床。'备曰：'君有国士之名，今天下大乱，帝主失所，望君忧国忘家，有救世之意，而君求田问舍，言无可采，是元龙所讳也，何缘当与君语？如小人欲卧百尺楼上，卧君于地，何但上下床之间耶？'表大笑。"据此，则百尺楼实刘备语，因涉陈登事而及之耳。此词元龙，盖作者所以比徐俯。

"莫道三伏热，便是五湖秋"，盖有"少壮不努力，老大徒伤悲"之意，以鼓励对方。三伏，初伏、二伏、三伏。夏至后第三庚为初伏，第四庚为二伏，立秋后初庚为终伏。故谓之三伏。五湖，即太湖，《史记·河渠书》："于吴则通渠三江五湖。"《集解》："五湖，湖名耳。实一湖，今太湖是也。"

念奴娇

代洛滨次石林韵

吴松初冷，记垂虹南望，残日西沉。秋入青冥三万顷，蟾影吞尽湖阴。玉斧为谁，冰轮如许，宫阙想寒深。人间奇观，古今豪士悲吟。　　苍弁丹颊仙翁，淮山风露底，曾赋幽寻。老去专城仍好客，时拥歌吹登临。坐揖龙江，举杯相属，桂子落波心。一声猿啸，醉来虚籁千林。

"代洛滨次石林韵"，洛滨为谁待考，石林即叶梦得。《宋史·叶梦得传》：叶梦得，字少蕴，苏州吴县人。嗜学早成，绍圣四年进士。逮高宗驻跸扬州，迁翰林学士兼侍读，除户部尚书，陈待敌之计。既而帝驻跸杭州，迁尚书左丞，奏监司、州县擅立军期司掊敛民财者，宜罢。又与宰相朱胜非议论不协，乃除资政殿学士，提举中太一宫，专一提领户部财用，充车驾巡幸顿递使，辞不拜，归湖州。绍兴初，起为江东安抚大使兼知建康府，兼寿春等六州宣抚使。会王才降刘豫，引兵入寇，梦得遣使臣张伟谕才降之，以其众分隶诸军。濠、寿叛将寇宏、陈卞虽阳受朝命，阴与刘豫通，梦得谕以祸福，皆听命；及豫入寇，卞击败之，齐兵宵遁。八年，除江东安抚制置大使兼知建康府、行宫留守，又奏防江措画八事。金都元帅宗弼犯含山县，进逼历阳；张俊诸军迁延未发，梦得见俊，请速出军，曰："敌已过含山县，万一金人得和州，长江不可保矣。"俊趣诸军进发，声势大振，金兵退屯昭关。明年，金复入寇，遂至柘皋，梦得团结沿江民兵数万，分据江津；遣子模将千人守马家渡，金兵不得渡而去。梦得兼总四路漕计，以给馈饷，军用不乏，故诸将得悉力以战。诏加观文殿学士，移知福州，兼福建安抚使。上章请老，特迁一官，提举临安府洞霄宫，寻拜崇信军节度使致仕。十八年，卒湖州。

"吴松"，江名，在江苏省境，古称笠泽，亦称吴江、松江、南江、松陵江，俗名苏州河，源出太湖东北流，经吴江、吴县、青浦、松江、嘉定等县，至上海，合黄浦江入海。

"垂虹"，亭名。《舆地纪胜·两浙西路平江府景物》：

"垂虹亭，在吴县利往桥，东西千余尺，用木万计。前临具区，横绝松陵；湖光海气，荡漾一色，乃三吴之绝景，有亭曰垂虹，苏子美有诗甚豪。"又："吴江桥，在吴江上，名利往桥，庆历八年建，有亭曰垂虹，三吴之绝景也。"

"蟾影"，即月光。《后汉书·天文志》注："羿请无死之药于西王母，姮娥窃之以奔月，……是为蟾蜍。"故后人往往以蟾蜍代月。

"玉斧为谁"，句意似问手持玉斧者为谁。《酉阳杂俎·天咫》：旧言月中有桂，故异书言，月桂高五百丈，下有一人常斫之，树创随合。人姓吴名刚，西河人，学仙，有过，谪令伐树。

"冰轮"，月之代词。陆游《月下》诗："玉钩定谁挂？冰轮了无辙。"知当时人称月曰冰轮。

"如许"，犹如此。《宋史·杨万里传》："吾头颅如许，报国无路。"知当时用语如此。

"苍弁丹颊仙翁"，石林早年曾为提举中太一宫，故有此称。

"淮山风露"，叶梦得曾为江东安抚大使兼寿春等六州宣抚使，故淮山风露得入题咏。

"老去专城"，指《宋史·叶梦得传》所云：绍兴九年，移知福州，兼福建安抚使。

"龙江"，水名，在福建福清县南，上源为四五小溪，至县境水陆桥，众溪合流，名曰西溪，东流经县南，始曰龙江，又名龙首河，再东入海，此江古名螺文江，宋时始改曰龙江。

"桂子"，亦暗喻月。宋之问诗："桂子月中落。"

"虚欷"，风声。

陆　游（1125—1210）

字务观，山阴（今浙江绍兴附近）人。少时为登仕郎。隆兴中，任枢密院编修官，兼圣政所检讨官，并得赐进士出身。后因言事出通判建康府。乾道中，由建康府改隆兴，又因被弹劾免归。家居颇久，复出为夔州通判，游王炎幕府。范成大帅蜀，任命他为参议官。淳熙中，他离蜀东归，为江西常平提举。未久，入都（临安）为给事中，又出知严州。嘉泰初，宁宗任命他同修国史，兼秘书少监，后升宝章阁待制，致仕。嘉定年间，卒。他是祖国有名的爱国诗人，他在年轻的时候，曾经立志恢复中原，有"杀身有地初非惜，报国无时未免愁"的诗句，可见其当时思想情况的一斑。他有《放翁词》一卷。

汉宫春

初自南郑来成都作

羽箭雕弓，忆呼鹰古垒，截虎平川。吹笳暮归野帐，雪压青毡。淋漓醉墨，看龙蛇、飞落蛮笺。人误许、诗情将略，一时才气超然。　　何事又作南来，看重阳药市，元夕灯山？花时万人乐处，欹帽垂鞭。闻歌感旧，尚时时流涕尊前。君记取、封侯事在。功名不信由天。

　　《汉宫春》,《词谱》:"《高丽史·乐志》名《汉宫春慢》,
此调有平韵、仄韵两体,皆以前后段起句用韵不用韵辨体。"
《挥麈录》:"汉老(李邴)少日,作《汉宫春》词,脍炙人
口。"所谓"问玉堂何似茅舍疏篱"者是也。《苕溪渔隐丛
话》谓《汉宫春》(咏梅)一词,为政和间晁冲之作,与
《挥麈录》异。

　　"初自南郑来成都作",钱大昕《陆放翁先生年谱》:
"(孝宗乾道)八年(1172)壬辰,四十八岁。枢密使王炎
宣抚四川,驻汉中,辟先生幕府。以左承议郎权四川宣抚使
司干办公事,兼检法官。正月自夔州启行,三月抵汉中。其
秋,以事自三泉,泛嘉陵至利州,入阆中。十月复还汉中,
会宣抚使名还,幕僚皆散去。十一月,改除成都府安抚司参
议官,复自汉中适成都。"则知此词乾道八年冬作也。

　　"羽箭",箭尾夹鸟羽,因号羽箭。杜甫《丹青引》:"良
相头上进贤冠,猛将腰间大羽箭。"

　　"雕弓",古作彫弓。《文选·司马相如子虚赋》:"左乌
号之彫弓。"注:"彫,画也。"

"古垒"，指南郑而言。昔汉高帝曾王汉中，为古代兵家必争之地。城内有韩信拜将台等古迹。

"平川"，汉水上游两岸。

"龙蛇"，指笔势。《晋书·王羲之传》："论者称其笔势，以为飘若浮云，矫若惊龙。"又云："子云……字字若绾秋蛇。"

"蛮笺"，谓蜀笺。费著《蜀笺谱》云："纸以人得名者有谢公，有薛涛；谢公有十色笺，深红、粉红、杏红、明黄、深青、浅青、深绿、浅绿、铜绿、浅云，即十色也。《谈苑》载韩浦寄弟诗云'十样蛮笺出益州'。"

夜游宫

记梦寄师伯浑

雪晓清笳乱起，梦游处、不知何地？铁骑无声望似水。想关河，雁门西，青海际。　　睡觉寒灯里，漏声断、月斜窗纸。自许封侯在万里。有谁知？鬓虽残，心未死。

《夜游宫》，《拾遗记》："汉成帝于太液池旁起宵游宫。"词名盖取诸此。《词谱》："贺铸词有'江北江南新念别'句，更名《新念别》。"

师伯浑，俟考，《宋史》有师颃、师颂，可能即为伯浑所出。又〔案〕《钱谱》（即钱大昕《陆放翁先生年谱》）云："淳熙七年（1180）庚子，五十六岁。在抚州任。五月十一夜且半，梦从大驾亲征，尽复汉唐故地，见城邑人物繁丽，云西凉府也。喜甚，马上作长句，觉乃足成之。"所记与此词情景略同，大约为一时之作。

"雁门西""青海际"，即诗题所谓凉州府者。雁门，关名，在山西代县西北雁门山上。《代州志》：唐置关于绝顶。青海，湖名，蒙古语曰库库淖尔，亦曰卑禾羌海。在青海省东境，位于西宁之西，周约三百五十里。

诉衷情

当年万里觅封侯。匹马戍梁州。关河梦断何处，尘暗旧貂裘。　　胡未灭，鬓先秋。泪空流。此生谁料，心在天山，身老沧洲。

《诉衷情》，本唐教坊曲名，《花间集》此调有两体：单调者，以平韵为主，或间入一仄韵，或间入两仄韵。如温庭筠"莺语花舞"一阕，十一句五仄韵六平韵，即间两仄韵于平韵之内；双调者，全押平韵。毛文锡词有"桃花流水漾纵横"句，又名《桃花水》。

"当年"两句，指《宋史·陆游传》云："久之，通判夔州。王炎宣抚川、陕，辟为干办公事。游为炎陈进取之策，以为经略中原，必自长安始；取长安，必自陇右始；当积粟练兵，有衅则攻，无则守。"〔案〕王炎所宣抚的川陕，正古所谓梁州地带。

"关河梦断何处"，意思是："关河梦"被打断在哪里了呢？

"尘暗旧貂裘"，意思是说：旧日戍守西北边防的衣服，久无用处，已经被尘土蒙蔽得失去光彩了。盖言所用非所急。

"胡"，指西夏而言。

"鬓先秋"，古时以五行的金配秋天，又谓金之色白，故鬓先秋，实际上即指鬓先白而言。

"心在天山"，西夏当时据有今内蒙古鄂尔多斯、宁夏境内阿拉善，以及甘肃省西北部一带地，陆氏填词，夸大言之，故谓心在天山。

"身老沧洲"，《南史·袁粲传》："尝作五言诗，言：'访

迹虽中宇，循寄乃沧洲.'盖其志也。"沧洲本指水隈，后因
用为隐者之居。《宋史》本传称："起知严州，过阙，陛辞，
上谕曰：'严陵山水胜处，职事之暇，可以赋咏自适！'"盖
所指即此事。

诉衷情

　　青衫初入九重城，结友尽豪英。蜡封夜半传檄，驰骑
谕幽并。　　　时易失，志难成，鬓丝生。平章风月，弹压江
山，别是功名。

　　此词当与上首作于同时。

　　"青衫"，古人士子之服。

　　"九重城"，君之所在。《楚辞·九辩》："岂不郁陶而思
君兮，君之门以九重。"

　　"蜡封"，即蜡书。《宋史·李显忠传》："密遣其客雷灿
以蜡书赴行在。"此处殆指皇帝的密令而言。

　　"平章风月"，品评也。戴复古《梅花》诗："穿林傍水
几平章。"

　　"弹压江山"，此言为官不能退敌守土，而只作江山管

领主，略与上句同意。《淮南子·本经训》："牢笼天地，弹压山川。"词意所用，与古义微别。

　　"别是功名"，此亦愤慨语，言功名当从卫国安民得之，今统治者不此之图，而但使有用之身，放浪于山涯水角间，岂求功名之正轨哉？

张孝祥（1130？—1167？）

字安国，本蜀简州（今四川简阳县东）人，后因卜居历阳乌江（安徽和县附近），人遂以为历阳乌江人。幼聪慧，读书过目不忘，下笔顷刻数千言。年十六，领乡书；再举，冠里选。绍兴二十四年（1154），廷试第一。授承事郎、签书镇东军节度判官，又任秘书省正字，迁尚书礼部员外郎，寻为起居舍人，权中书舍人。后因被御史中丞汪澈弹劾，罢为提举江州太平兴国宫。寻除知抚州，年未三十，莅事精确，老于州县者所不及。孝宗即位，复集英殿修撰、知平江府。事繁剧，孝祥剖决，庭无滞讼。属邑大姓并海囊橐为奸利，孝祥捕治，籍其家，得谷粟数万。明年，吴中大饥，迄赖以济。张浚自蜀还朝，荐孝祥，召赴行在。除中书舍人，寻除直学士院兼都督府参赞军事。俄兼领建康府留守，改除敷文阁待制，留守如旧。会金再犯边，孝祥陈金之势，不过欲要盟；宣谕使劾孝祥落职，罢。复集英殿修撰、知静江府、广南西路经略安抚使，治有声绩，复以言者罢；俄起知潭州，为政简易，时以威济之，湖南遂以无事。复待制，徙知荆南、湖北路安抚使，筑守金堤，自是荆州无水患。置万盈仓，以储诸漕之运。请祠，以疾卒，年三十八。孝祥俊逸，文章过人，尤工翰墨。但渡江初，大议惟和战，张浚主复仇，汤思退祖秦桧之说，力主和；孝祥出入二人之门，而两持其说，议者惜之。著有《于湖词》三卷。

六州歌头

长淮望断，关塞莽然平。征尘暗，霜风劲，悄边声。黯销凝。追想当年事，殆天数，非人力。洙泗上，弦歌地，亦膻腥。隔水毡乡，落日牛羊下，区脱纵横。看名王宵猎，骑火一川明。笳鼓悲鸣，遣人惊。　　念腰间箭，匣中剑，空埃蠹，竟何成！时易失，心徒壮，岁将零。渺神京。干羽方怀远，静烽燧，且休兵。冠盖使，纷驰骛，若为情？闻道中原遗老，常南望、翠葆霓旌。使行人至此，忠愤气填膺，有泪如倾。

杨慎《词品》云：《六州歌头》，本鼓吹曲也。六州得名，盖唐人西边之州，伊州、凉州、甘州、石州、渭州、氐州也。此词宋人大祀大恤，皆用此调。

《朝野遗记》曰：安国在建康留守席上赋此，歌阕，魏公为罢席而入。

"销凝"，销魂凝神之省。

"追想当年事"，指金人入寇，徽宗被掳，高宗南渡而言。

"殆天数，非人力"，此说甚谬！岂非人力？惜作者不肯归咎于朝廷耳。

"洙泗""弦歌"，指齐鲁孔孟故乡，礼乐之邦。《史记·儒林传》曰：及高皇帝诛项籍，举兵围鲁，鲁中诸儒尚讲诵习礼乐，弦歌之音不绝，岂非圣人之遗化，好礼乐之国哉？

"区脱"，《汉书·苏武传》："后陵复至北海上，语武，区脱捕得云中生口。"注："'李奇曰：匈奴边境，罗落守卫官也。'晋灼曰：'《匈奴传》：东胡与匈奴间有弃地千余里，各居其边为区脱。'"

"名王"，《汉书·终军传》：越地及匈奴名王，有率众来降者。

"干羽"，《尚书·伪大禹谟》："帝乃延敷文德，舞干羽于两阶。"注：干，楯；羽，翳也。

"若为情"，言怎样为情？

"翠葆霓旌"，指皇帝仪仗而言。《汉书·司马相如传》注曰：葆，即今所谓纛头也。《后汉书·光武纪》注：葆车谓上建羽葆也。《周礼·春官·司常》：析羽为旌。

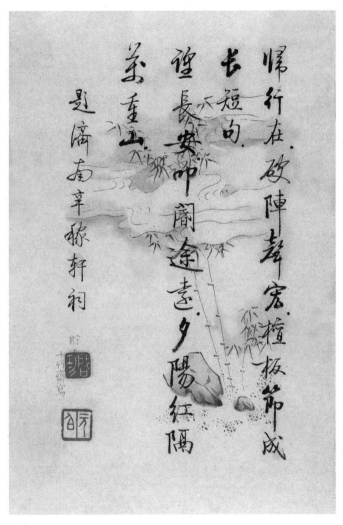

启功题辛稼轩祠联语

启功题济南辛稼轩祠

归行在，破阵声宏，檀板节成长短句；

望长安，叩阍途远，夕阳红隔万重山。

辛弃疾（1140—1207）

字幼安，历城（今山东济南附近）人，出身大官僚地主家庭。他出生的时候，宋已南渡。山东久被金人统治。他幼年即抱报国大志，曾随计吏到过燕山，顺便考察了敌方情势。绍兴三十一年（1161），金人侵宋，为虞允文所败，金主亮被杀。这时中原一带，多聚兵图恢复。耿京亦聚兵山东。弃疾投京麾下，为掌书记，并劝耿京归宋。次年，受耿京命，奉表南归。宋高宗赵构封他作承务郎。继因擒张安国事，改任江阴签判、建康通判等职。乾道六年（1170），他被召对于延和殿，和孝宗（赵眘）共论南北形势，弃疾进《九议》、《应问》三篇和《美芹十论》。不久，任司农寺主簿，出任滁州太守。九年（1173）改任江东安抚司参议官。后又因叶衡推荐，迁仓部郎官。淳熙二年（1175），任江西提点刑狱官。不久，又以镇压农民起义的"功劳"，加官到秘阁修撰，调任京西转运判官、知江陵府兼湖北安抚使。四年（1177）迁知隆兴府兼江西安抚使。不久，又以大理少卿出为湖北转运副使。六年（1179），以论"盗"劄子，投合了最高统治者的意旨，改知潭州兼湖南安抚使。七年（1180）再知隆兴兼江西安抚使。后二年，因为被奸臣弹劾落职家居。绍熙二年（1191），他起为福建提点刑狱官，后迁大理少卿兼集英殿修撰，又出知福州兼福建安抚使。五年（1194），被王蔺弹劾回家。庆元四年（1198），再次出山，被授予主管冲佑观一职，嘉泰三年（1203），任绍兴知府兼浙东安抚使。嘉泰四年（1204）以论盐法，加宝谟阁待制。不久，又做镇江知府。过了一年，坐举荐非人降职为朝散大夫。开禧二年（1206）进官龙图阁，又出任江陵知府。次年，辞官家居。不久之后，就去世了。

总观辛弃疾一生，他本想归南以后，拥宋北伐。可是这时期南宋的统治王朝，已经丧尽良心，把一位爱国志士，用来作镇压人民起义的鹰犬。据史书所载，当时各地起义的农民领袖，有李全、赖文政、陈子明、李峒等。而他所做的官，却是一系列的安抚使和提点刑狱官，全是镇压农民和农民起义的一些职位，无怪乎诗人在他的作品里，表现出那股愤愤不平之气。由于他个人的阶级局限性，在政治上搞了一系列反人民的活动；可是他在文学创作里，则因为能够反映民族矛盾，表达自己的爱国思想，在今天说来，仍旧是应当肯定的一个作家。

《全宋词·跋》云:《直斋书录解题》载长沙本《稼轩

词》一卷，又载信州刊本《稼轩词》十二卷，今并不传。《文献通考》载《稼轩词》四卷，当别为一本。元大德广信书院刊本《稼轩词》十二卷，出自信州本，即四印斋翻刻之本也。明嘉靖间李濂评点本《稼轩词》十二卷，亦据大德本，但讹脱殊甚，且少十一首，汲古阁沿李濂本，特并十二卷为四卷。天津图书馆藏明吴讷《唐宋名贤百家词》，《稼轩词》四卷，有十四首为十二卷本所无，当即《文献通考》之四卷本也。双照楼续刊景宋本《稼轩词》甲乙丙三卷，与吴本同源，但缺其一卷。赵斐云又据吴本补《丁集》一卷。嘉靖间辛启泰自《永乐大典》辑词三十六首，即彊村丛书所覆刊之本。但其间《洞仙歌》（寿叶丞相）一首，已见十二卷本；《鹧鸪天》（天上人间）（有个仙人）两首则误采朱敦儒《樵歌》，皆当删去。兹取四印斋刊本《稼轩词》五百七十三首，加入辛辑本三十三首，四卷本十四首，《草堂诗余》一首，《清波别志》一首，《永乐大典》一首，共得六百二十三首。至梁启勋《编年本稼轩词疏证》，亦六百二十三首，但失收乙集《菩萨蛮》（淡黄宫样）一首，又未辨《西江月》（堂上谋臣）一首乃刘过词，故首数虽同，而内容则微有舛误。又王本卷二《念奴娇》（洞庭春晚）一首"愁点星星发","愁"下脱几字，兹据毛本增补。

满江红

倦客新丰，貂裘敝，征尘满目。弹短铗，青蛇三尺，浩歌谁续。不念英雄江左老，用之可以尊中国。叹诗书、万卷致君人，番沉陆。　　休感慨，浇醽醁。人易老，欢难足。有玉人怜我，为簪黄菊。且置请缨封万户，竟须卖剑酬黄犊。甚当年，寂寞贾长沙，伤时哭。

《满江红》，《词谱》："此调有仄韵平韵两体，仄韵词，宋人填者最多，平韵词只有姜（夔）词一体。"梁启勋《稼轩词疏证》曰：此词首句倦客新丰，又有貂裘敝、弹短铗等语，正伯兄（启超）所谓羁旅落拓、下僚沉滞时矣。玩词意确似早年作，因移置于乾道（孝宗）已丑（五年），即先生通判建康之年。

"倦客"，即倦游之客，弃疾自称。

"新丰"，《读史方舆纪要》："新丰乃丹阳县属。"《舆地纪胜》：丹阳旧属建康府。

"裘敝"，以苏秦初说秦时自比。《战国策·秦策》：

"（苏秦）说秦王书十上而说不行，黑貂之裘敝，黄金百镒尽。"

"弹短铗"，又以冯谖之说齐初不见重自比。《战国策·齐策》："齐人有冯谖者，贫乏不能自存，使人属孟尝君，愿寄食门下。孟尝君曰：客何好？曰：客无好也。曰：客何能？曰：客无能也。孟尝君笑而受之，曰诺。左右以君贱之也，食以草具。居有顷，倚柱弹其剑，歌曰：长铗归来乎，食无鱼。左右以告，孟尝君曰：食之，比门下之客。居有顷，复弹其铗，歌曰：长铗归来乎，出无车。左右皆笑之，以告，孟尝君曰：为之驾，比门下之车客。于是乘其车揭其剑，过其友曰：孟尝君客我。后有顷，复弹其剑铗，歌曰：长铗归来乎，无以为家。左右皆恶之，以为贪而不知足。孟尝君问：冯公有亲乎？对曰：有老母。孟尝君使人给其食用，无使乏。于是冯谖不复歌。"

"青蛇"，剑名。白居易《折剑头》诗："一握青蛇尾。"

"浩歌"，《楚辞·九歌·少司命》："望美人兮未来，临风怳兮浩歌。"

"英雄"，指他在1161年参加耿京起义抗金的爱国英雄行为而言。

"诗书万卷致君人"，用杜甫《奉赠韦左丞丈》诗"读书破万卷，下笔如有神""致君尧舜上，再使风俗淳"意以自况。

"沉陆"，《庄子·则阳篇》："方且与世违而心不屑与之俱，是陆沉者也。"此言其自己为朝廷所遗。

"醽醁"，酒名，亦名酃渌。《清一统志》："酃湖，在清泉县东，水可酿酒，名酃渌酒。"按《荆州记》：渌水出豫章康乐县，取水为酒，极甘美，与湘东酃湖酒，世称酃渌酒。《抱朴子·嘉遁篇》云："寒泉旨于醽醁。"知古人以为美酒。

"请缨"，《汉书·终军传》："军自请：愿受长缨，必羁南粤王而致之阙下。"后世因用为自请杀敌之代语。

"封万户"，《史记·李广传》：孝文帝十四年，匈奴大入萧关，而广以良家子从军击胡，用善骑射，杀首房多。尝从行，有所冲陷折关，及格猛兽，而文帝曰：惜乎，子不遇时！如令子当高帝时，万户侯岂足道哉？

"卖剑买犊"，《汉书·龚遂传》：勃海"民有带持刀剑者，使卖剑买牛，卖刀买犊，曰：何为带牛佩犊？"此用故实，以表明个人之愤慨。言身愿杀敌，而朝廷不许也。

"贾长沙，伤时哭"，《汉书·贾谊传》：贾谊，雒阳人也。文帝召以为博士。超迁，岁中至太中大夫。天子议以谊任公卿之位，绛、灌、东阳侯、冯敬之属尽害之。于是天子后亦疏之，不用其议，以谊为长沙王太傅。后岁余，文帝思谊，征之，乃拜谊为梁怀王太傅，数问以得失。是时，匈奴强，侵边；天下初定，制度疏阔，诸侯王僭拟，地过古制，淮南、济北王皆为逆诛。谊数上疏陈政事，多所欲匡建，其大略曰：臣窃惟事势，可为痛哭者一，可为流涕者二，可为长太息者六。

破阵子

为陈同甫赋壮词以寄之

醉里挑灯看剑，梦回吹角连营。八百里分麾下炙，五十弦翻塞外声。沙场秋点兵。　　马作的卢飞快，弓如霹雳弦惊。了却君王天下事，赢得生前身后名。可怜白发生！

《饮冰室考证》：此词作年无考，若说部所称作于先生帅淮时，则无稽之谈也。

"为陈同甫赋壮词以寄之"，《宋史·儒林·陈亮传》

言："生而目光有芒，为人才气超迈，喜谈兵，论议风生……尝曰：研穷义理之精微，辨析古今之同异，原心于杪忽，较礼于分寸，以积累为工，以涵养为正，睟面盎背，则于诸儒诚有愧焉。至于堂堂之阵，正正之旗，风雨云雷交发而并至，龙蛇虎豹变现而出没，推倒一世之智勇，开拓万古之心胸，自谓差有一日之长。亮意盖指朱熹、吕祖谦等云。"所记亦可与此词相证。

"挑灯"，古代的灯，注油于灯碗中，内加灯心，点火燃之。随燃随挑，保持光亮不歇。白居易《长恨歌》："孤灯挑尽未成眠。"

"看剑"，杜甫《夜宴左氏庄》诗："看剑引杯长。"

"麾下"，亦作戏下；麾本旌旗之属，用于军事上的指挥。故麾下即部下也。《穀梁传·庄公二十五年》："置五麾。"

"炙"，韩愈《元和圣德》诗："万牛脔炙。"炙即裁字，古者称大块肉曰炙，小块肉曰脔。

"五十弦翻塞外声"，五十弦，指瑟而言。《世本》："瑟，庖牺作，五十弦；黄帝破为二十五弦。"塞外声，盖指破阵乐而言，陈旸《乐书》云："唐破阵乐，属龟兹部。"故云塞外声。

"的卢"，古良马名。《三国志·蜀志·先主传》注引《世说》：刘备屯樊城，刘表请备宴会；蒯越、蔡瑁欲因会取备，备潜逃，所乘马名的卢，走渡襄阳城西檀溪，溺不得出，备急曰："的卢，今日厄矣！可努力！"的卢一跃三丈，遂得脱。

"霹雳"，疾雷也。《尔雅·释天》："疾雷为霆霓。"注："雷之急激者谓之霹雳。"

"了却君王天下事"，《晋书·傅咸传》："骏弟济素与咸善，与咸书曰：天下大器，非可稍了；官事未易了也。"黄庭坚《登快阁》诗："痴儿了却公家事。""君王""天下"对文。

"可怜白发生"，此《离骚》美人迟暮之感。

菩萨蛮

书造口壁

郁孤台下清江水，中间多少行人泪？西北望长安，可怜无数山。　　青山遮不住，毕竟东流去！江晚正愁予，山深闻鹧鸪。

《菩萨蛮》,《南部新书》及《杜阳杂编》皆云:大中初,女蛮国(《杜阳杂编》作南诏)入贡,危髻金冠,缨络被体,号菩萨蛮队,遂制此曲。当时倡优李可及作菩萨蛮队舞,文士亦往往声其词。《北梦琐言》:唐宣宗爱唱《菩萨蛮》词,令狐绹命温庭筠新撰密进之。《碧鸡漫志》云:今《花间集》温词十四首是也。《词谱》云:案,温词有"小山重叠金明灭"句,名《重叠金》;李煜词名《子夜歌》,一名《菩萨鬘》;韩淲词有"新声休写花间意"句,名《花间意》;又有"风前觅得梅花句",名《梅花句》;有"山城望断花溪碧"句,名《花溪碧》;有"晚云烘日枝南北"句,名《晚云烘日》。

"书造口壁",《读史方舆纪要》卷八十七:"皂口江,(江西万安)县南六十里,源出赣县界三龙山,经上造下造,流入赣江。宋建炎初,隆祐太后避兵,南指章赣,金人蹑其后,不及而还。造口即皂口也。又五云驿在万安县城西南,滨江相近,《志》云:江滨有云洲,亦曰五云洲,驿因以为名。一云:洲在县北之江浒。又造口驿,与造口巡司相近。《舆程记》:自五云驿而南,八十里至造口驿。"张惠言曰:《鹤林玉露》云南渡之初,金人追隆祐太后御舟至造口,不及而还。

"郁孤台"，《舆地纪胜》卷三十二："（江南西路赣州南康郡，）郁孤台在郡治。隆阜郁然，孤起平地数丈，冠冕一郡之形胜，而襟带千里之山川。"《大清一统志》曰："郁孤台在（赣州）府治西南。"

"西北望长安"，李白《登金陵凤凰台》诗："长安不见使人愁。"

"鹧鸪"之句，谓恢复行不得也。梁启超《辛稼轩年谱》："此词盖感兴前事，故沉痛乃尔！先生踪迹惟本年曾到赣州，此词应是本年（孝宗淳熙二年［1175］，先生年三十六岁）作"。鹧鸪，鸟类鹑鸡类；体大如鸠，头顶暗紫赤色，背灰褐色，嘴红，腹部带黄色，脚深红，群栖地上，营巢土穴中。《本草纲目·禽部》："鹧鸪性畏霜露，夜栖以木叶蔽身，多对啼，俗谓其鸣曰'行不得也哥哥'"。

摸鱼儿

淳熙己亥（1179）自湖北漕移湖南，同官王正之置酒小山亭，为赋。

更能消、几番风雨，匆匆春又归去。惜春长恨花开早，何况落红无数。春且住。见说道，天涯芳草迷归路。怨春不语。算只有殷勤，画檐蛛网，尽日惹飞絮。　　长门事，准拟佳期又误。蛾眉曾有人妒。千金纵买相如赋，脉脉此情谁诉？君莫舞。君不见，玉环飞燕皆尘土。闲愁最苦。休去倚危栏，斜阳正在，烟柳断肠处。

淳熙己亥（1179），先生自湖北漕移湖南，因同官王正之置酒小山亭而赋。

《摸鱼儿》，本唐教坊曲名，后用为词牌名。又名《摸鱼子》《买陂塘》《陂塘柳》《迈陂塘》《山鬼谣》《双蕖怨》《安庆摸》，《词谱》以晁补之"买陂塘旋栽杨柳"为正体；《苕溪渔隐丛话》：《摸鱼儿》一词，晁无咎所作也，《满江红》一词，吕居仁所作也。余性乐闲退，二词能具道阿堵中事，每一歌之，未尝不击节也。

序：淳熙云云：时弃疾年四十岁，作湖北转运副使。王正之，名特起，代州人。《舆地纪胜》：小山亭在东漕衙之乖崖堂。有池曰清浅。

梁启超《饮冰室考证》曰：先生两年来由江陵帅、隆兴帅转任漕司，虽非左迁，然先生本功名之士，唯专阃庶足以展其骥足。碌碌钱谷，当非所乐；此次去湖北任，谓当有新除，然仍移漕湖南，殊乖本望。故曰"准拟佳期又误"也。

本年《论剧盗劄子》有云："臣孤危一身久矣，荷陛下保全，事有可危，杀身不顾。"又曰："生平刚拙自信，年来不为众人所容，恐言未脱口，而祸不旋踵。"则"蛾眉曾有人妒"，亦是实情。其为北人，骤跻通显，已不为南士所喜，而先生亦以磊落英发之姿，好谈天下大略，又遇事负责任，与南朝士大夫泄沓柔靡风习尤不相容，前此两任帅府，皆不能久于其任。或即缘此，诗可以怨，怨固宜矣。

"消"，消受。

"天涯芳草无归路"，韦庄词："望断玉关芳草路。"

"长门事"，词以陈皇后失欢于汉武事自况。《文选·司马相如长门赋·序》云：孝武皇帝陈皇后，时得幸，颇妒，别在长门宫，愁闷悲思，闻蜀郡成都司马相如，天下工为文，奉黄金百斤，为相如文君取酒。因于（为）解悲愁之辞，而相如为文以悟主上。陈皇后复得亲幸。

"准拟佳期"，卢仝《月蚀》诗："天若准拟错准拟。"准备任用之意。

"脉脉"，《文选·古诗十九首》："脉脉不得语。"《广韵》二十陌引作嗼嗼，《复斋漫录》又引作默默，盖含情不语之意。

"玉环"，《杨太真外传》："杨贵妃小字玉环。""飞燕"，《汉书·外戚传》："孝成赵皇后，本长安宫人，及壮，属阳阿主家，学歌舞，号曰飞燕。"又《太真外传》言贵妃善霓裳羽衣舞，《飞燕外传》言飞燕善掌上舞。

"斜阳正在，烟柳断肠处"，罗大经《鹤林玉露》曰：词意殊怨，斜阳烟柳之句，其与"未须愁日暮，天际乍轻阴"者异矣。使在汉唐时，宁不贾种豆种桃之祸哉？愚闻寿皇（孝宗）见此词颇不悦。

水龙吟

甲辰岁寿韩南涧尚书

渡江天马南来，几人真是经纶手？长安父老，新亭风景，可怜依旧！夷甫诸人，神州沉陆，几曾回首！算平戎万里，功名本是，真儒事，公知否？　　况有文章山斗，对桐阴、满庭清昼。当年堕地，而今试看，风云奔走。绿野风烟，平泉草木，东山歌酒。待他年整顿，乾坤事了，为先生寿。

"甲辰岁寿韩南涧尚书"，《饮冰室考证》曰：南涧，名元吉，字无咎，开封人，徙居上饶，先生家居时，唱和最多，此为集中赠韩词最初之一首，读末句可见。先生是时（孝宗淳熙十一年〔1184〕，先生四十五岁）功名心仍甚盛，又可见此词乃遥寄者。

"渡江天马南来"，《宋史·高宗纪》："建炎元年（1127）夏四月癸未至应天府，五月庚寅朔，帝登坛受命。"此词盖借用晋元帝南渡事以影射高宗南渡。《晋书·五行志》云："太安中，童谣曰：'五马游渡江，一马化为龙。'后中原大乱，宗藩多绝，惟琅邪、汝南、西阳、南顿、彭城同至江东，而元帝嗣统矣。"

"经纶"，《易》："君子以经纶。"《礼记·中庸》："惟天下至诚，为能经纶天下之大经。"朱熹注："经者理其绪而分之，纶者比其类而合之也。"此以治丝之理，喻规画国家大政。

"长安父老"，指沦陷在敌区而日日南望的中原父老而言。

"新亭风景"，新亭亦名劳劳亭，在今江苏省南京市南。《世说·言语篇》：过江诸人，每至美日，辄相邀新亭，藉卉饮宴。周侯（顗）中坐而叹曰："风景不殊，正自有山河之异！"皆相视流泪。惟王丞相（导）愀然变色曰："当共戮力王室，克复神州，何至作楚囚相对？"

"夷甫诸人"，夷甫，王衍字。《世说·轻诋篇》：桓公入洛，过淮、泗，践北境，与诸僚属登平乘楼，眺瞩中原，慨然曰："遂使神州陆沉，百年丘墟，王夷甫诸人不得不任其责。"刘注引八王故事曰："夷甫虽居台司，不以事物自婴，当世化之，羞言名教。自台郎以下，皆雅崇拱默，以遗事为高，四海尚宁，而识者知其将乱。"《晋阳秋》曰："夷甫将为石勒所杀，谓人曰：吾等若不祖尚浮虚，不至于此。"〔案〕以下数句，为指斥道学家之言。南宋道学是统治集团和社会上层人物为了逃避现实、欺骗人民所搞出来的把戏。其作用与东晋士大夫阶级所笃尚的玄学正同。

"功名本是，真儒事"，疑用《荀子·儒效》意。《荀子·儒效篇》云：故人主用俗儒则万乘之国存，用雅儒则千乘之国安，用大儒则百里之地久，而后三年，天下为一，诸侯为臣；用万乘之国，举错而定，一朝而伯。

"山斗"，《新唐书·韩愈传赞》：学者仰之如泰山北斗。

"堕地"，傅玄《豫章行·苦相篇》：男儿当门户，堕地自生神。

"风云奔走"，《后汉书·朱祐等传论》：中兴二十八将，咸能感会风云，奋其智勇，称为佐命，亦各志能之士也。

"绿野风烟"，唐裴度别墅名。《明皇杂录》："开元中，乐工李龟年兄弟三人，特承顾遇，于东都大起第宅，中堂制度，甲于都下。"注：今裴晋公移于定鼎门内别墅，号绿野堂。

"平原草木"，《旧唐书·颜真卿传》：出为平原太守，安禄山逆节颇著，真卿以霖雨为托，修城浚池，阴料丁壮，储廪实，乃阳会文士，泛舟外池，饮酒赋诗。或谗于禄山，禄山亦密侦之，以为书生不足虞也。

"东山歌酒"，《晋书·谢安传》："时苻坚强盛，疆场多虞；诸将败退相继。安遣弟石及兄子玄等应机征讨，所在克捷。拜卫将军、开府仪同三司，封建昌县公。坚后率众，号百万，次于淮肥，京师震恐；加安征讨大都督。玄入问计，安夷然无惧色。答曰：已别有旨。既而寂然。玄不敢复言，乃令张玄重请，安遂命驾出山墅，亲朋毕集，方与玄围棋赌别墅。"又《世说·识鉴篇》："谢公在东山畜妓，简文曰：安石必出，既与人同乐，亦不得不与人同忧。"

丑奴儿

书博山道中壁

少年不识愁滋味，爱上层楼。爱上层楼，为赋新词强说愁。　　而今识尽愁滋味，欲说还休。欲说还休，却道天凉好个秋！

《采桑子》，一名《丑奴儿》。

"书博山道中壁"，《大清一统志》："博山在广丰县西南三十余里，南临溪流，远望如庐山之香炉峰。"梁启超曰："广丰西距上饶界十五里，故先生家居，常往来其地。"梁启勋曰："《广信府志》：博山寺之侧，有稼轩书舍，宋辛弃疾尝读书于此。"

陈 亮（1140？—1193？）

字同甫，永康（今浙江永康附近）人。孝宗隆兴初，他上《中兴五论》，没有得到反响，遂归家修学。淳熙五年（1178），再诣阙上书论国事，孝宗正待要用他，他却翻然渡江回家了。回家后，他便落魄醉酒，日与同邑狂士游。因此陷大狱，赖辛弃疾、罗点诸人营救得免。淳熙十四年（1187），高宗崩，金使来吊，无礼，他又劝孝宗与金国绝交，并陈恢复之道，仍没有得到反响。绍熙四年（1193）光宗试进士，评卷取他为第一人，授他做签书建康府判官厅公事，但他没到任便死了。他是才气豪迈的人，精研兵法。在学术上主张重实利经济而轻视性理。著有《龙川词》一卷。

水调歌头

送章德茂大卿使虏

不见南师久，漫说北群空。当场只手，毕竟还我万夫雄。自笑堂堂汉使，得似洋洋河水，依旧只流东。且复穹庐拜，会向蒌街逢。　尧之都，舜之壤，禹之封。于中应有，一个半个耻臣戎。万里腥膻如许，千古英灵安在，磅礴几时通。

胡运何须问，赫日自当中。

"送章德茂大卿使虏"，《宋史·孝宗纪》："淳熙十一年八月庚申，遣章森使金贺正旦。"德茂，当即森之字也。

"南师"，即宋兵，因当时南宋偏安，故名。

"漫说北群空"，韩愈《送温处士赴河阳军序》："伯乐一过冀北之野，而马群遂空。"这两句词的意思是说："金国的侵略者！你们不要以为南兵老是不北伐，而就乱说宋国没有真正的英雄好汉。"

"当场只手，毕竟还我万夫雄"，这两句是勖勉章森学荆轲刺秦的英勇行为，把已经从敌人那里失去的荣誉挽回过来。《史记·刺客列传》："（荆）轲既取图奏之，秦王发图，图穷而匕首见，因左手把秦王之袖，而右手持匕首揕之，未至身，秦王惊。"

"自笑堂堂汉使，得似洋洋河水，依旧只流东"，此三句勉章此次出使，当亟力为祖国争光，莫再丧权辱命。在这之前，宋国每次出使，所办都是卖国外交。例如《宋史·高宗纪》："建炎元年五月庚子，李棁、宇文虚中、郑望之、李邺皆以使金请割地，责广南诸州并安置。十一月壬辰，遣王伦等为金国通问使。"又《李纲传》:"绍兴八年,王伦使北还。纲闻之,上疏曰:臣窃见朝廷遣王伦使金国,奉迎梓宫;今伦之归,与金使偕来;乃以诏谕江南为名。不著国号而曰江南;不云通问而曰诏谕,此何礼也。臣在远方,虽不足以知其曲折,然以愚意料之,金以此名遣使,其邀求大略有五:必降诏书,欲陛下屈体降礼以听受,一也(即令宋听命);必有赦文,欲朝廷宣布,班示郡县,二也(赦免叛国罪犯);必立约束,欲陛下奉藩称臣,禀其号令,三也(投降条约);必求岁赂,广其数目,使我坐困,四也(扩大献款数字);必求割地,以江为界,淮南、荆襄、四川,尽欲得之,五也(割江北)。此五者,朝廷从其一,则大事去矣。"就是明显的例证。河水东流,言国格日下。

"且复穹庐拜",此《文选·丘迟与陈伯之书》所谓"对穹庐而屈膝"者也。"穹庐",蒙古人所住毡帐。《汉书·匈奴传》:"匈奴父子,同穹庐卧。"注:"穹庐,旃帐也。其形穹隆,故曰穹庐。"

"会向藁街逢",言不久即当与金主相遇于藁街,言外之意,希望章森此行,能掳其名王归系藁街也。汉时蛮夷邸在长安城内藁街,见《三辅黄图》。《文选·丘迟与陈伯之书》："方当系颈蛮邸，悬首藁街。"良注："蛮邸藁街，皆置蛮夷之馆也。"

"尧都""舜壤""禹封"，即祖国代用称谓。

"腥膻"，四夷气味，中国古人痛恨外族侵略时，发为此言。

"如许"，即如此。

"英灵"，指谓祖宗在天之灵。

"磅礴"，兴盛气象。《宋史·乐志》："块圠无垠，磅礴罔测。""胡运何须问，赫日自当中"，此两句即杜甫《北征》诗所谓"胡命其能久？皇纲未宜绝"也。赫日，所以象征宋王朝。

念奴娇

登多景楼

危楼还望，叹此意、今古几人曾会。鬼设神施，浑认作、天限南疆北界。一水横陈，连岗三面，做出争雄势。六朝何事，只成门户私计。　　因笑王谢诸人，登高怀远，也学英雄涕。凭却长江管不到，河洛腥膻无际。正好长驱，不须反顾，寻取中流誓。小儿破贼，势成宁问疆场。

"登多景楼"，《清一统志》：多景楼在今江苏北固山甘露寺内，北面大江，颇据形势。始建于宋郡守陈天麟，即唐临江亭故址。〔案〕《宋史·高宗纪》："建炎三年二月壬子，内侍邝询报金兵至，帝被甲驰幸镇江府。是日，金兵过扬子桥。癸丑，游骑至瓜洲。"由此可见，宋高宗南渡，第一站是先到镇江。故陈亮登在此地的多景楼上，感慨特多。

"会"，领会。

"鬼设神施，浑认作、天限南疆北界"。鬼设神施，犹俗语云"天造地设"。这两句是指责南宋的统治阶级对优越的地理条件，过分地存在依赖思想。浑，全也。杜甫《春望》诗："白头搔更短，浑欲不胜簪。"

"一水"，指长江而言。

"连岗三面"，指北固山而言。北固山在江苏省镇江县北一里，三面临水，自晋以来，郡治皆据其上。《方舆胜览》："北固山，临长江，势险固，梁武帝幸京口登北固楼，改名北顾。"

"六朝何事，只成门户私计"，这两句是借讽刺六朝误国营私的统治者，来指责南宋狼狈为奸的卖国贼。东晋以后的政治，基本是大官僚地主阶级当权的政治，王导、谢安都是豪门士族的代表人物。《晋书·庾翼传》批评那个时候的政治说："大较江东政，以伛僇（纵容）豪强，以为民蠹；时有行法，辄施之寒劣。如往年偷石头仓米一百万斛，皆是豪将辈，而直打杀仓督监以塞责。"这些人只营门户私利，因此谁也不肯认真把恢复中原的大事担当起来，到了南宋，卖国贼黄潜善、秦桧、汪伯彦、张浚诸人，都是出卖民族利益，巩固私人地位，而且互相包庇，狼狈为奸的人物。《宋史·汪伯彦传》："高宗初政，天下望治，伯彦、潜善，逾年在相位，专权自恣，不能有所经画。御史谏官，下至韦布内侍，皆劾奏之。罢伯彦为观文殿大学士，知洪州；改提举崇福宫，寻落职，居永州。绍兴初，复职，知池州、江东安抚大使，言者弗置，乃诏以旧职奉祠，寻知广州，四年，帝追赠陈东、欧阳澈。舍人王居正论伯彦、潜善不已，复褫前职。七年，帝谓辅臣曰：元帅旧僚，往往沦谢，惟汪伯彦实同艰难。朕之故人，所存无几，宜与牵复。秦桧、张浚曰：臣等已议曰郊恩取旨，更得天笔，明其旧劳；庶几内外孚信。始伯彦之未第也，受馆于王氏，桧尝从之学，而浚亦伯彦所引，故共赞焉。"又《秦桧传》："金人寻取桧诣军前。三月，金人立邦昌为伪楚，邦昌遗金书，请还孙傅、张叔夜及桧，不许。初，二帝北迁，桧与傅、叔夜、何𢙺、司马朴从至燕山，又徙韩州。上皇闻康王即位，作书贻粘罕，与约和议，俾桧润色之。桧以厚赂达粘罕。会金主吴乞买以桧赐其弟挞懒为任用，挞懒攻山阳。建炎四年十月甲辰，桧与妻王氏及婢仆一家，自军中取涟水军水砦航海归行在。丙午，桧入见。丁未，拜礼部尚书，赐以银帛。桧之归也，自言杀金人监己者奔舟而来。朝士多谓桧与𢙺、傅、朴同拘，而桧独归；又自燕至楚二千八百里，逾河越海，岂无讥诃之者，安得杀监而南？就令从军挞懒，金人纵之，必质妻属，安得与王氏偕？惟宰相范宗尹、同知枢密院李回与桧善，尽破群疑，力荐其忠。"由此可见，当时奸臣互相援引包庇之一般。

"因笑王谢诸人，登高怀远，也学英雄涕"，《世说·言语篇》：过江诸人，每至美日，辄相邀新亭，藉卉饮宴。周侯（颛）中坐而叹曰："风景不殊，正自有山河之异！"皆相视流泪。惟王丞相（导）愀然变色曰："当共戮力王室，克复神州，何至作楚囚相对？"又：温峤初为刘琨使来过江，于时，江左营建始尔，纲纪未举，温新至，深有诸虑。既诣王丞相，陈主上幽越，社稷焚灭，山陵夷毁之酷，有黍离之痛。温忠慨深烈，言与泗俱，丞相亦与之对泣。又：王右军

（羲之）与谢太傅（安）共登冶城，谢悠然远想，有高世之志；王谓谢曰："夏禹勤王，手足胼胝；文王旰食，日不暇给；今四郊多垒，宜人人自效，而虚谈废务，浮文妨要，恐非当今所宜!"谢答曰："秦任商鞅，二世而亡，岂清言致患耶?"〔案〕此三句，殆借讽秦桧诸人的奸而似忠。考《宋史·秦桧传》言："靖康元年，金兵攻汴京，遣使求三镇，桧上兵机四事：一言金人要请无厌，乞止许燕山一路；二言金人狙诈，守御不可缓；三乞集百官详议，择其当者，载之誓书；四乞馆金使于外，不可令入门。"又："王云、李若水见金二酋归，言金坚欲得地，不然进兵取汴京。十一月，集百官议于延和殿。范宗尹等七十人请与之，桧等三十六人持不可……"

"凭却"，凭着。

"河洛腥膻无际"，言河洛尽入金人之手。

"寻取中流誓"，《晋书·祖逖传》：祖逖字士稚，范阳遒人也。时帝方拓定江南，未遑北伐，逖进说曰："晋室之乱，非上无道而下怨叛也。由藩王争权，自相诛灭，遂使戎狄乘隙，毒流中原。今黎庶既被残酷，人有奋击之志，大王诚能发威命将，使若逖等为之统主，则郡国豪杰，必因风而赴，沉溺之士，欣于来苏，庶几国耻可雪，愿大王图之！"
帝乃以逖为奋威将军、豫州刺史，给千人廪，布三千匹，不
给铠仗，使自招募。仍将本流徙部曲百余家渡江。中流击
楫而誓曰："祖逖不能清中原而复济者，有如大江！"辞色壮
烈，众皆慨叹。

　　"小儿破贼，势成宁问疆场"，言当帅领健儿杀敌，不
问被占领疆界的既成事实为何如也。小儿破贼，为《晋书》
谢安用语，语见《谢安传》。

姜　夔（1158/1155—1231/1235）

字尧章，鄱阳人。萧东夫识之于少年客游，爱其才，妻以兄女。因寓居吴兴之武康，与白石洞天为邻，自号白石道人，又号石帚，以布衣终其身。宁宗庆元中，曾上书乞太常雅乐，隐居不仕，啸傲山林，往来湖湘淮左，与范成大、杨万里友善，后卒于临安水磨方氏馆。有《白石词》五卷。

夔时代稍后于辛弃疾，词之壮烈豪放，同仇敌忾，皆不及辛；但在风格上能出以清越冷隽，且妙解音律，尝著《大乐议》，欲正庙乐。宁宗庆元三年诏付奉常有司收掌，令太常寺与议大乐，时官嫉其能，因未能尽其所诣。集中诸词，或自度新腔，如《扬州慢》《长亭怨慢》《淡黄柳》《石湖仙》《暗香》《疏影》《惜红衣》《角招》《秋宵吟》《凄凉犯》《翠楼吟》《湘月》等。又如旧《满江红》曲，本用仄韵，夔则易以平韵。又宋人词如张先、柳永、周邦彦词仅谨注宫调。而夔所自度的新词，如《鬲溪梅令》（仙吕宫），《杏花天》、《醉吟商》（小品），《玉梅令》（高平调），《霓裳中序第一》、《扬州慢》（中吕宫），《长亭怨慢》（中吕宫），《淡黄柳》（正平调近），《石湖仙》（越调），《暗香》（仙吕宫），《疏影》、《惜红衣》、《角招》（黄钟角），《徵招》、《凄凉犯》、《翠楼吟》(双调),《秋宵吟》(越调) 等十七支,不仅注明宫调,并于词旁详载乐谱,这些乐谱过去都认为已经是无人能读、无人能奏的了。本年(1954)8月27号《光明日报》第二版,刊有韩劲风所作《民族音乐遗产发掘工作的开始》一文,载民族音乐研究所在西安发现了如曲破、料峭、平调、劈破玉等近千曲调,钞本七十,和白石旁谱所记符号相同,当地农民多能读能写。这实在是对于祖国音乐文学的宝贵发现。

　　《全宋词·跋》:《白石道人歌曲》六卷,见《文献通考》。嘉泰壬戌钱希武刊《白石手订词》六卷,当即此本。陶南村影写叶居众钞本,又据钱刻旧本。陶本原为楼敬思旧藏,一由符药林传钞、陆钟辉刊于乾隆癸亥,改卷之一、二为卷一,卷之三为卷二,卷之四为卷三,卷之五、六为卷四;一由周耕余传钞,经黄堂、厉樊榭、陆恬甫先后点,张奕枢刊于乾隆己巳,嗣后四库全书本、知不足斋本、倪耘劬本、姜文龙本、江春本、倪鸿本、榆园丛书本、四印斋本,无不出于陆本,惟四印斋用陆本而去其《铙歌琴曲》一卷,用其二、三、四三卷,又以《别集》足为一卷。乾隆间,江炳炎亦自符药林借钞,与张、陆二本同一渊源。彊村丛书即用此本，此外毛刊《白石词》一卷，从《花庵词选》辑刻三十四首，然多意为删窜，非旧文也。洪正治又用陈本，亦不足称。灵鹣阁旧藏祠堂本及乾隆写本并附年谱、世系、诗话、词评、轶闻、故事，则家集流传之本，与陶钞不同。宣统间沈逊斋以安庆新造纸印《白石道人歌曲》六卷，不详所自；自郑叔问以其避宋庙（讳）谓即张奕枢写宋本，或可信也。兹取四印斋刊本八十四首，以无琴曲之故也。

扬州慢

淳熙丙申至日，余过维扬。夜雪初霁，荠麦弥望。入其城，则四顾萧条，寒水自碧，暮色渐起，戍角悲吟；予怀怆然，感慨今昔，因自度此曲。千岩老人以为有黍离之悲也。

淮左名都，竹西佳处，解鞍少驻初程。过春风十里，尽荠麦青青。自胡马窥江去后，废池乔木，犹厌言兵。渐黄昏，清角吹寒，都在空城。　　杜郎俊赏，算而今、重到须惊。纵豆蔻词工，青楼梦好，难赋深情。二十四桥仍在，波心荡、冷月无声。念桥边红药，年年知为谁生。

《扬州慢》，姜集列此词于自度曲，注云中吕宫。

"丙申"，孝宗淳熙三年（1176）。

"维扬"，《梁溪漫志》：古今称扬州为维扬，盖掇取《禹贡》淮海惟扬州之语，今则易惟为维矣。

"荠"，《淮南子·墬形训》：荠，冬生中夏死。〔案〕荠菜，十字花科，越年生草本。茎高自数寸至尺余。茎下部之叶，丛生，羽状分裂。上部者箭形，无柄，有缺刻或锯齿，春日开花，花小，白色，总状花序，果实为裂果，扁平、三角形，其嫩茎叶供食用。

"弥望"，充满视野。

"千岩老人"，萧德藻别号。德藻，字东夫，福州长乐人。《浙江通志》作闽清县人。因居屏山下，千岩竞秀，自号千岩老人。绍兴二十一年进士。绍兴末，为武冈军判官。三十二年秋，与杨诚斋以诗定交于零陵。乾道末，令乌程；淳熙三年九月，过常州，撰《重修英烈庙记》，四年，丞龙川；七年，官满。归访杨诚斋于南溪。寻客游长沙白石，从之学诗，盖在此时。九年游夜郎；十一年，下巴陵，赴荆州，为湖北参议官；十二年，权复州。十三年冬，携白石东归，寓居武康。十四年春，命知峡州，以病不能行。庆元元年，时甫监池阳酒税，迎侍以行。子四：和父、裕父、时父、恭父。（《四库提要》谓白石学诗于萧蒒，按《鹤林玉露》原作学诗于萧千岩，四库所据为误本。）

"淮左"，《舆地纪胜》淮南东路扬州淮左注云：《隋书·宇文化及传》："李密据洛口，炀帝留淮左，不敢还都。"〔案〕淮左，即淮南。

"竹西"，《舆地纪胜》：东坡《广陵逢同舍刘贡父》诗云："竹西已挥手，湾口犹屡送。"注：竹西、湾口，皆扬州之地。杜牧之《题禅智寺》诗云："谁知竹西路，歌吹是扬州。"又有竹西亭，在北门外五里，今废。

"春风十里"，杜牧诗："春风十里扬州路，卷上珠帘总不如。"

"胡马窥江"，绍兴三十一年（1161），金人南犯至采石；至孝宗隆兴二年（1164），又渡淮。

"豆蔻词"：杜牧诗："娉娉袅袅十三余，豆蔻梢头二月初。"

"青楼梦"，《阳春白雪》梦作句，杜牧诗："十年一觉扬州梦，赢得青楼薄幸名。"

"二十四桥"，杜牧诗："二十四桥明月夜，玉人何处教吹箫。"沈括《补笔谈》卷三：扬州在唐时，最为富盛。旧城南北十五里，一百一十步。东西七里三十步，可纪者有二十四桥：最西浊河茶园桥，次东大明桥（今大明寺南），入西水门有九曲桥（今建隆寺南），次东正当帅牙南门有下马桥，又东作坊桥，桥东河转向南有洗马桥，次南桥（现在今州城北门外），又南阿师桥，周家桥（今此处为城北门），小市桥（今存），广济桥（今存），新桥，开明桥（今存），顾家桥，通泗桥（今存），太平桥，利园桥，出南水门有万岁桥（今存），青园桥，自驿桥北河流东出，有参佐桥（今开元寺南），次东水门（今有新桥，非古迹），东出有山光桥（现今山光寺南）。又自衙门下马桥，直南，有北三桥、中三桥、南三桥，号九桥，不通船，不在二十四桥之数，皆在今州城西门之外。

"红药"，《扬州画舫录》云：廿四桥，一名红药桥，因古之二十四美人吹箫于此，故名。《清一统志》云：扬州府开明桥，在甘泉县东北，旧传桥左右春日芍药花市甚盛。

黄　机（生卒年不详）

字几仲，一作几叔。东阳人。有《竹斋诗余》一卷，见毛氏汲古阁刻《宋六十名家词》。

满江红

万灶貔貅，便直欲、扫清关洛。长淮路、夜亭警燧，晓营吹角。绿鬓将军思下马，黄头奴子惊闻鹤。想中原、父老已心知，今非昨。　　狂鲵翦，於菟缚；单于命，春冰薄。政人人自勇，翘关还槊。旗帜倚风飞电影，戈铤射月明霜锷。且莫令、榆柳塞门秋，悲摇落。

此篇为鼓动奋勇杀敌之作，疑为虞允文备淮事而作。

"万灶"，《史记·孙子传》："魏与赵攻韩，韩告急于齐，齐使田忌将而往，直走大梁。魏将庞涓闻之，去韩而归，齐军既已过而西矣。孙子谓田忌曰：'彼三晋之兵，素悍勇而轻齐，齐号为怯。善战者因其势而利导之。《兵法》：百里而趣利者蹶上将，五十里而趣利者军半至。使齐军入魏地为十万灶，明日为五万灶，又明日为三万灶。'庞涓行三日，大喜曰：'我固知齐军怯，入吾地三日，士卒亡者过半矣。'"

谓为数不甚多。

"貔貅"，《史记·五帝本纪》："（黄帝）教熊罴貔貅䝙虎，以与炎帝战于阪泉之野。"后世因以喻勇猛之军队，《晋书·熊远传》：远上疏云："今顺天下之心，命貔貅之士，鸣檄前驱。"

"关洛"，为关中及洛阳的省称，二者为周秦汉国都之所在地，故用以代表中原故国，时为异族所据。

"长淮路，夜亭警燧，晓营吹角"，《宋史·虞允文传》："金主亮修汴，已有南侵意。王纶还，言敌恭顺和好。汤思退再拜贺，置边备不问。及金使施宜生颇泄敌情，张焘密奏之。亮又隐画工图临安湖山以归。亮赋诗，情益露。允文上疏言：金必败盟，兵出有五道，愿诏大臣，豫思备御。时（绍兴）三十年正月也。十月，借工部尚书充贺正使，与馆伴宾射，一发破的，众惊异之。允文见运粮造舟者多，辞归，亮曰：我将看花洛阳。允文还，奏所见及亮语。申言淮、海之备……金使王全、高景山来贺生辰，口传亮悖慢语，欲得淮南地。索将相大臣议事，于是召三衙大将赵密等议举兵，侍从、台谏集议，宰臣陈康伯传上旨：今日更不问和与守，直问战当如何？遣成闵为京、湖制置使，将禁卫五万，御襄汉上流。允文曰：兵来不除道，敌为虚声以分我兵，成其出淮奸谋尔。不听，卒遣闳。七月，金主亮徙汴，允文复语康伯：闳军约程在江、池，宜令到池者驻池，到江者驻江；若敌兵出上流，则荆湖之军捍于前，江池之军援于后；若出淮西，则池之军出巢县，江州军出无为，可为淮西援，是一军而两用之。康伯然其说，而闳军竟屯武昌。九月，金主命李通为大都督；造浮梁于淮水上，金主自将，兵号百万。毡帐相望，钲鼓之声不绝。十月，自涡口渡淮。"当即其事。"夜亭警燧"，《后汉书·光武纪》："大将军杜茂屯北边，筑亭候，修烽燧。"注："亭候，伺候望敌之所。烽燧，边方备警急，作高土台，台上作桔皋，桔皋头有兜零，以薪草置其中，有寇即举火燃之以相告，曰烽；又多积薪，寇至即燔之望其烟，曰燧；昼则燔燧，夜乃举烽。"

"绿鬓将军思下马"，此句盖将官思奋勇杀敌之意，就我方而言。绿鬓，言年少鬓发黑而带绿色者。乔知之《从军行》云："蝉声催绿鬓。"下马，疑用《梁书》韦放故事。《韦放传》云："普通八年（527），高祖遣兼领军曹仲宗等攻涡阳，又以放为明威将军，帅师会之。魏大将费穆帅众奄至，放军营未立，麾下止有二百余人；放从弟洄骁果有勇力，一军所仗。放令洵单骑击刺，屡折魏军，洵马亦被伤不能进，放胄又三贯流矢，众皆失色，请放突去，放厉声叱之曰："今日唯有死耳。"乃免胄下马，据胡床处分。于是士皆殊死战，莫不一当百，魏军遂退。"此句盖言我方之士气极旺。

"黄头奴子惊闻鹤"，"黄头奴子"出处待考，当系指氐与女真等异族而言。"惊闻鹤"，即晋谢安大破苻坚兵于淝水，坚兵闻风声鹤唳，皆以为王师将至的故事。

"今非昨"，言王师已不似前此之脆弱，敌兵亦不似前此之强大。

"狂鲵翦"，《左传·宣公十二年》："古者明王伐不敬，取其鲸鲵而封之，以为大戮。"注："鲸鲵，大鱼名，以喻不义之人吞食小国。"又翦，灭。《左传·成公二年》："余姑翦灭此而后朝食。"〔案〕此句意指杀敌。

"於菟缚"，於菟，即虎。《左传·宣公四年》："楚人谓虎於菟。"此处缚虎，当指捉将而言。古人往往以虎形容将官之勇猛。《汉书·王莽传》：莽拜将军九人，皆以虎为号，号曰九虎。

"单于命，春冰薄"，盖指金主亮荒淫，国势渐弱而言。

"政"，同正。

"翘关还槊"，翘关，自唐以后练武的一种。《新唐书·选举志》："长安二年，始置武举。其制又有马枪、翘关、负重、身材之选。翘关，长丈七尺，径三寸半，凡十举后，手持关距，出处无过一尺。"还槊，槊，即丈八蛇矛，还槊当即《陇上歌》"丈八蛇矛左右盘"之意。

"戈铤"，即戈矛，《史记·匈奴传》："短兵则刀铤。"《集释》："铤形似矛，铁柄。"

"霜锷"，锷，刀锋也。《汉书·萧望之传》："底厉锋锷。"张华《博陵王宫侠曲》："雄儿任气侠，声盖少年场。……吴刀鸣手中，利剑严秋霜。"又卢纶《割飞二刀子歌》："色迎霁雪锋含霜。"

"榆柳塞"，《汉书·韩安国传》："辟数千里，以河为境，累石为城，树榆为塞。"又《汉书·周亚夫传》："文帝后六年，匈奴大入边，以河内守亚夫为将军，军细柳。"榆塞、细柳，古代皆为备胡要冲。

"摇落"，宋玉《九辩》："草木摇落而变衰。"

刘克庄（1187—1269）

字潜夫，莆田（今福建莆田附近）人。出身官僚家庭。他官至枢密院编修，兼权侍郎官。时朝内党争甚烈，故他亦屡进屡退。淳祐六年（1246）被召为太府少卿，继又任秘书监，兼崇政殿说书、中书舍人。时史嵩之秉政，他因惮史，出知漳州，不久改福建提刑。淳祐十一年（1251）又被召为太常少卿，直学士院，不久又兼说书及史馆事，但未满一年复去。景定（1260—1264）末以焕章阁学士致仕，后数年卒。他是南宋极负文名的作家，又是爱国极深的人，著有《后村长短句》。

沁园春

寄九华叶贤良

一卷《阴符》，二石硬弓，百斤宝刀。更玉花骢喷，鸣鞭电抹，乌丝阑展，醉墨龙跳。牛角书生，虬髯豪客，谈笑皆堪折简招。依稀记，曾请缨系粤，草檄征辽。　　当年目视云霄，谁信道、凄凉今折腰。怅燕然未勒，南归草草，长安不见，北望迢迢。老去胸中，有些磊块，歌罢犹须著酒浇。休休也，但帽边鬓改，镜里颜凋。

启功《沁园春》词

独立寒秋，湘江北去，橘子洲头。看万山红遍，层林尽染；漫江碧透，百舸争流。鹰击长空，鱼翔浅底，万类霜天竞自由。怅寥廓，问苍茫大地，谁主沉浮？

携来百侣曾游，忆往昔峥嵘岁月稠。恰同学少年，风华正茂；书生意气，挥斥方遒。指点江山，激扬文字，粪土当年万户侯。曾记否，到中流击水，浪遏飞舟？启功书

启功书毛主席《沁园春》词

《沁园春》，取名于汉沁水公主园，《词谱》：金词注般涉调，蒋氏十三调注中吕调，张辑词结句有"号我东仙"句，名《东仙》；李刘词名《寿星明》，秦观词名《洞庭春色》。《词苑》："刘改之能诗词，出语豪纵；嘉定癸酉，寓中都时，辛稼轩帅越，遣使召之，适以事不及行，因仿辛体作《沁园春》词缄往，辛得词大喜，竟邀之去，馆燕弥月，酬赠千缗，改之竟荡于酒，不问也。"

"九华叶贤良"，俟考。

"一卷《阴符》"，旧题黄帝撰。《隋书·经籍志·兵家类》有《太公阴符钤录》一卷。《周书·阴符》九卷，历代史志，则以《周书·阴符》著录兵家，而以此《阴符》入道家。今本为太公、范蠡、鬼谷子、张良、诸葛亮、李荃六家注，即所谓《太公阴符》也，盖道家之书，非兵家书也。

"二石硬弓"，杜甫诗："将军胆气雄，臂悬两石弓。"又《新唐书·张弘靖传》："天下无事，而辈挽两石弓，不如识一丁字。"《书五子之歌》疏："三十斤为钧，四钧为石。"则石原为百二十斤，今通以百斤为一石。读为担。

"玉花骢"，《明皇杂录》："上所乘马，有玉花骢、照夜白。"杜甫《丹青引》："先帝天马玉花骢，画工如山貌不同。"

"乌丝阑"，谓绢纸类之卷册有织成或画成之黑格线也。阑亦或作栏。《唐国史补》："宋亳间有织成界道绢素谓之乌丝栏。"

"醉墨龙跳"，《晋书·卫恒传》：恒善草隶书，为四体书势曰：其曲如弓，其直如弦，矫然特出，若龙腾于川。

"牛角书生"，《新唐书·李密传》："（密）闻包恺在缑山，往从之。以蒲鞯乘牛，挂《汉书》一帙角上，行且读。杨素适见于道，蹑其后，问所读，曰《项羽传》，因与语，奇之。""虬髯豪客"，隋末张仲坚行三，赤髯而虬，号虬髯客，有雄才大略，时世方乱，欲起事争天下，会李靖携红拂奔经灵石，客遇之旅邸，与靖至太原，得见李世民，识为英主，乃举家赠靖别去，临行语靖曰："此数十年，东南数千里外有异事，是吾得志之秋也。"贞观中，南蛮入奏，谓有海船千艘，用兵十万，入扶余国，杀其主自主，靖知为虬髯客所为，与红拂酒贺之。见杜光庭《虬髯客传》。

"折简"，谓劈纸作书。《三国·魏志·王凌传》：凌谓太傅曰："卿直以折简召我，我当敢不至耶？"亦作折柬。

"请缨系粤"，《汉书·终军传》：终军，字子云，济南人也。南越与汉和亲，乃遣军使南越，说其王，欲令入朝，比内诸侯。军自请：愿受长缨，必羁南越王而致之阙下。

"征辽"，《晋书·宣帝纪》："青龙四年，辽东太守公孙文懿反，征帝诣京师。景初二年，帅牛金、胡遵等步骑四万，发自京都。遂进师，经孤竹，越碣石，次于辽水。"此处盖用以影射宋代的辽国。

"折腰"，鞠躬下拜，表示对长官屈辱。《晋书·陶潜传》：潜为彭泽令，郡遣督邮至县，吏白应束带见之，潜叹曰："吾不能为五斗米折腰，拳拳事乡里小人邪？"义熙二年，解印去县。

"燕然未勒"，后汉永元元年，窦宪破北单于，登燕然山，刻石纪功而还，事见《后汉书·窦宪传》。燕然山，当即今蒙古人民共和国境内之杭爱山。

"长安不见"，《世说·夙慧》：晋明帝数岁，坐元帝膝上，有人从长安来，元帝问洛下消息，潸然流涕。明帝问何以致泣？具以东渡意告之，因问明帝："汝意谓长安何如日远？"答曰："日远；不闻人从日边来，居然可知。"元帝异之。明日，集群臣宴会，告以此意，更重问之。乃答曰："日近。"元帝失色，曰："尔何故异昨日之言耶？"答曰："举目见日，不见长安。"李白《登金陵凤凰台诗》："长安不见使人愁。"

"胸中磊块著酒浇",《世说·任诞》:"阮籍胸中垒块,故须酒浇之。"〔案〕磊块,垒块,义同。

"休休",《诗·唐风·蟋蟀》:"良士休休。"《传》:"休休,乐道之心。"

贺新郎

送陈子华赴真州

北望神州路,试平章、这场公事,怎生分付?记得太行山百万,曾入宗爷驾驭。今把作握蛇骑虎。君去京东豪杰喜,想投戈、下拜真吾父。谈笑里,定齐鲁。　　两河萧瑟惟狐兔,问当年、祖生去后,有人来否?多少新亭挥泪客,谁梦中原块土?算事业、须由人做。应笑书生心胆怯,向车中、闲置如新妇。空目送,塞鸿去。

"送陈子华赴真州",《宋史·陈韡传》:"陈韡,字子华。福州候官人。与弟耆登开禧元年(1205)进士第,从叶适学。嘉定十四年(1221),贾涉开淮阃,辟京东、河北干官。韡谓:山东、河北遗民,宜使归耕其土,给耕牛农具,分配以内郡之贷死者;然后三分齐地,张林、李全各处其一，其一以待有功者。河南首领以三两州来归者，与节度使：一州者守其土，忠义人尽还北，然后括淮甸闲田，仿韩琦河北义勇法，募民为兵，给田而薄征之。择土豪统率，盐丁又别廪为一军，此第二重藩篱也。十五年，淮西告捷，韡策金人必专向安丰，而分兵缀诸郡；使卜整、张惠、李汝舟、范成进各以其兵屯庐州以待之。金将卢鼓搥新胜于潼关，乘锐急战，当持久困之，不过十日必遁。设伏邀击，必可胜。又使时青、夏全诸军应援捣虚，皆行韡之策，遂有堂门之捷，俘其四驸马者。迁将作监丞，又迁太府寺丞，差知真州。"真州，宋置，治扬子县，在今江苏仪征县治。一本作《送陈真州子华》。

"平章"，评论。戴复古《梅花诗》："穿林傍水几平章。"

"这场公事"，指当时内外大政而言。

"分付"，张相《诗词曲语辞汇释》："分付，有发落义。《南宋六十家》赵汝鐩《晚兴》诗：'愁来无着处，分付酒杯中。'"此为发落义。程垓《洞庭春色》词："惆怅一春飞絮，梦悠扬教人分付谁?"分付谁，即谁分付之倒文，言教人怎样发落也。

"记得太行兵百万，曾入宗爷驾驭"，《宋史·宗泽传》：

宗泽，字汝霖，婺州义乌人。知开封府。王善者，河东（即太行山区）巨寇也，拥众七十万，车万乘，欲据京城，泽单骑驰至善营，泣谓之曰：朝廷当危难之时，使有如公一二辈，岂复有敌患乎？今日乃汝立功之秋，不可失也。善感泣曰：敢不效力！遂解甲降。时杨进号没角牛，兵三十万；王再兴、李贵、王大郎等，各拥众数万，往来京西、淮南、河南北，侵掠为患，泽遣人谕以祸福，悉招降之。又，真定、怀、卫间，敌兵甚盛，方密修战具，为入攻之计。而将相恬不为虑，不修武备，泽以为忧，乃渡河约诸将共议事宜，以图收复；而于京城四壁，各置使以领招集之兵，又据形势立坚壁二十四所于城外，沿河鳞次为连珠砦，连结河东、河北山水砦忠义民兵，于是陕西、京东西诸路人马，咸愿听泽节制。

"今把作握蛇骑虎"，意思是说朝廷对这些忠义民兵，既不愿推心置腹地信任他们，同时又不敢一刀两断地放弃他们；这就同握蛇骑虎，两面为难时的心情一样。这句话充分暴露了统治者害怕人民起来超过敌人侵略的罪恶想法。这里所揭露的实际情况是如《宋史·宗泽传》里所说："山东盗起，执政谓其多以义师为名，请下令止勤王，泽疏曰：自敌围京城，忠义之士，愤懑争奋，广之东西，湖之南北，福建、江淮，越数千里，争先勤王。当时大臣无远识大略，不能抚而用之，使之饥饿困穷，弱者填沟壑，强者为盗贼。此非勤王之罪，乃一时措置乖谬所致耳。今河东西不从敌国而保山砦者，不知其几；诸处节义之夫，自黥其面而争先救驾者，复不知其几。此诏一出，臣恐草泽之士，一旦解体，仓卒有急，谁复有愿忠效义之心哉？今收复伊洛，而金酋渡河；捍蔽滑台，而敌国屡败；河东、河北山砦义民，引领举踵，日望官兵之至；以几以时而言之，中兴之兆可见；而金人灭亡之期可必，在陛下见几乘时而已。"

"京东"，真州在建康东而偏北。

"豪杰"，即义兵。

"投戈、下拜真吾父"，义兵向陈辖下拜呼父。

"祖生"，即祖逖。《晋书·祖逖传》：祖逖字士稚，范阳遒人也。及京师大乱，逖率亲党数百家，避地淮泗，以所乘车马载同行老疾，躬自徒步，药物衣粮与众共之。又多权略，是以少长咸宗之。推逖为行主，达泗口，元帝逆用为徐州刺史，寻征军咨祭酒，居丹徒之京口。逖以社稷倾覆，常怀振复之志，宾客义徒，皆暴桀勇士，逖遇之如子弟。时扬土大饥，此辈多为盗窃，攻剽富室，逖抚慰问之曰：此复南

塘一出不？或为吏所绳，逖辄拥护救解之。谈者以此少逖，
然自若也。时帝方拓定江南，未遑北伐，逖进说曰：晋室藩
王争权，自相诛灭，遂使戎狄乘隙，毒流中原，今遗黎既被
残酷，人有奋击之志，大王诚能发威命将，使若逖等为之统
主，则郡国豪杰，必因风向赴；沉溺之士，欣于来苏；庶几
国耻可雪，愿大王图之。帝乃以逖为奋威将军、豫州刺史，
给千人廪，布三千匹，不给铠仗，使自招募，仍将本流徙部
曲百余家渡江，中流击楫而誓曰：祖逖不能清中原而复济
者，有如大江！辞色壮烈，众皆慨叹。

"新亭挥泪客"，《世说·言语》：过江诸人，每至美日，
辄相邀新亭，藉卉饮宴。周侯中坐而叹曰：风景不殊，正自
有山河之异！皆相视流泪。

"目送塞鸿"，嵇康《赠秀才入军》："目送归鸿，手挥五
弦。"此句为握别之辞。

满江红

夜雨凉甚，忽动从戎之兴

金甲琱戈，记当日辕门初立。磨盾鼻，一挥千纸，龙蛇
犹湿。铁马晓嘶营壁冷，楼船夜渡风涛急。有谁怜、猿臂故

将军，无功级？　　平戎策，从军什，零落尽，慵收拾。把《茶经》《香传》，时时温习。生怕客谈榆塞事，且教儿诵《花间集》。叹臣之壮也不如人，今何及！

"金甲"，蔡琰《悲愤》诗："卓众来东下，金甲耀日光。"

"琱戈"，同雕戈，即戈之有刻镂文者。《国语·晋语》："穆公衡（横）雕戈出见使者。"

"辕门"，《周礼·天官·掌舍》："设车宫辕门。"注："谓王行止宿阻险之处，备非常。次（排列）车以为藩，则仰车，以其辕表门。"疏："谓仰两乘车，辕相向以表门。故名曰辕门。"《汉书·项籍传》："见诸侯将入辕门。"注亦引此。〔案〕后世通用为营门之义。

"磨盾鼻"，盾鼻，即盾钮。《北史·荀济传》：世居江左，与梁武帝布衣交。知梁武当王，然负气不服，谓人曰："会楯上磨墨作檄文。"楯通盾，《通鉴》作"会于盾鼻上磨墨檄之"。磨盾鼻，即作檄文以讨伐敌人之意。

"龙蛇"，《晋书·卫恒传》：恒善草隶书，为《四体书势》曰："矫然特出，若龙腾于川。"又唐张旭书如惊蛇入草，飞鸟出林。

"铁马晓嘶营壁冷"二句，陆游《书愤》诗："楼船夜雪瓜州渡，铁马秋风大散关。"

"猿臂故将军"，指李广而言。《史记·李广传》：尝夜从一骑出，从人田间饮，还至霸陵亭，霸陵尉醉，呵止广，广骑曰："故李将军。"尉曰："今将军尚不得夜行，何乃故也?"止广宿亭下。广为人长，猿臂，其善射亦天性也。

"无功级"，《史记·李广传》：广军功自如，无赏。初，广之从弟李蔡，与广俱事孝文帝。景帝时，蔡积功劳至二千石，孝武帝时至代相。以元朔五年为轻车将军，从大将军击右贤王，有功，中率，封为乐安侯。元狩二年中，代公孙弘为丞相。蔡为人在下中，名声出广下甚远，然广不得爵邑，官不过九卿；而蔡为列侯，位至三公。诸广之军吏至士卒，或取封侯。广尝与望气王朔燕语曰："自汉击匈奴，而广未尝不在其中，而诸部校尉以下，才能不及中人，然以击胡军功取侯者数十人，而广不为后人，然无尺寸之功以得封邑者，何也?"

"平戎策"，《新唐书·王忠嗣传》：天宝元年，时突厥新有难，忠嗣进军碛口经略之，乌苏米施可汗请降，忠嗣以其方强，特文降耳。乃营木剌兰山，谍虚实。因上《平戎十八策》，纵反间于拔悉密与葛逻禄、回纥三部，攻多罗斯城，涉昆水，斩米施可汗，筑大同、静边二城，徙清塞、横野军实之。并受降、振武为一城，自是虏不敢盗塞。

"从军什"，《文选》有王粲《从军行五首》，第一篇记曹操征张鲁事，其余四篇皆记伐吴事。什，《诗经》大小雅皆以十篇为一组，称曰什。如鹿鸣之什、文王之什等。此处则借为诗的代称。

"慵"，懒得。

"《茶经》《香传》"，《宋史·艺文志》：子类农家类著有陆羽《茶经》三卷，丁谓《天香传》一卷，沈立《香谱》一卷，洪刍《香谱》五卷。〔案〕品茶烧香，乃士大夫阶级的消遣行为。此处则用以表示内心愤懑，所谓"正言若反"者是也。

"榆塞"，即边塞意。《汉书·韩安国传》：辟数千里，以河为竟，累石为城，树榆为塞。

"《花间集》"，词总集，凡十卷，后蜀赵崇祚编，所收词包括唐五代诸家之作，内容则但为吟风弄月的无病呻吟。

陈经国（生卒年不详）

字伯大，潮州海阳人。宝祐四年进士，有《龟峰词》。有四印斋刊本。

沁园春

丁酉岁感事

谁使神州，百年陆沉，青毡未还。怅晨星残月，北州豪杰，西风斜日，东帝江山。刘表坐谈，深源轻进，机会失之弹指间。伤心事，是年年冰合，在在风寒。　说和说战都难。算未必、江沱堪宴安。叹封侯心在，鳣鲸失水；平戎策就，虎豹当关。渠自无谋，事犹可做，更剔残灯抽剑看。麒麟阁，岂中兴人物，不画儒冠。

"丁酉岁感事"，丁酉为宋理宗嘉熙元年（1237），《宋史·理宗纪》："嘉熙元年春正月甲子，诏两淮、荆襄之民，避地江南，沿江州县，间有招集振恤，尚虑恩惠不周，流离失所。江阴、镇江、建宁、太平、池、江、兴国、鄂、岳、江陵境内流民，其计口给米，期十日竣事。夏四月丙午，诏沔州诸镇将帅：昨以大元兵压境，皆弃官遁，夔路钤辖、知恩州田兴隆，独自大安德胜堡至潼川，逆战数合，虽兵寡不敌，而忠节可尚。特与官一转。秋七月己未，枢密院言：大元兵自光州、信阳抵合肥。八月甲辰诏：蜀鸡冠隘都统王宣战殁，其总管吴桂弃所守走。十一月戊辰，诏陈韡、史嵩之、赵葵于沿江淮汉州军备舟师战具，防遏冲要堡隘。"由以上引文看来，丁酉岁实为元兵侵宋，形势最为紧迫之一年，长江两岸，已处于警戒状态，故诗人慷慨激昂，情见乎辞。

"谁使神州，百年陆沉"，已见上张元幹《贺新郎·送胡邦衡待制》词及辛弃疾《水龙吟》词注。

"青毡未还"，《晋书·王献之传》："夜卧斋中，而有偷人入其室，盗物都尽。献之徐曰：偷儿！青毡我家旧物，可特置之。"在这里，青毡被作者用为古人所谓"旧物"的代语。旧物指祖国的典章文物，亦即文化遗产。《左传·哀公元年》："祀夏配天，不失旧物。"所指的就是这些。

"怅晨星残月，北州豪杰"，意思是说：许多昔日在北方各州县勤王起义的民族英雄们，到而今已经像晨星残月那样地稀少了。当北宋末年，国难日益深重的时候，北州就有许多民族英雄们起来勤王。著名的有丁顺、王善、杨进等，响应了招抚使傅亮的号召；傅选、孟德、刘泽、焦文通等，响应了招抚使张所和都统制王彦的号召，成为侵略者金国的心腹大患。王彦所部号八字军，活动于河北一带；另外还有起于晋城和长治一带的红巾军，活动于山西一带；尤以红巾军声势浩大，成为金寇的严重威胁。此外还有在庆源五马山寨首领赵邦杰、马扩，拥戴信王赵榛作主将，总制诸山寨，两河人民望风响应。等到徽、钦二宗被掳，康王赵构逃亡江南，北方义兵抗敌的斗争更激烈了。他们不甘心于敌区的被占领，到处发动攻势，收复许多城市，如王俊、翟进的收复西京（即洛阳）；王庶、孟迪、种潜、张勉、张渐、张宗、白保、李进、李彦仙、邵兴等部的收复凤翔、长安和陕州；同时，沦陷了二百年的幽燕遗民也纷纷起义，如燕京的刘立芸、易州的刘里忙，玉田人杨浩同僧人智和禅师，大名人王友直，都给金人以莫大威胁，使他们不敢放胆南侵。他们愿意拥戴宗泽作军事领袖，而宗泽也把他们看做恢复国土最可信赖的物质力量。可惜和可恨的是：这些义军被赵构、汪伯彦、黄潜善、秦桧以至杜充等卖国集团的多次压制与出卖，再加上金人的围剿和分化政策，到后来已经有许多部众瓦解甚至消灭了。

"西风斜日，东帝江山"，西风凄凉，斜日落寞。《易·说卦传》说："帝出乎震。"而震，古人又以为是东方卦名，因此称皇帝叫东帝。这句话意思是说：宋自偏安江左，统治者已经无耻地向敌人称臣纳贡，小王朝已经呈现一片凄凉落寞景象了。

"刘表坐谈"，《三国志·魏志·郭嘉传》："太祖将征袁尚及三郡乌丸，诸下多惧刘表使刘备袭许以讨太祖，嘉曰：公虽威震天下，胡恃其远，必不设备，因其无备，卒然击之，可破灭也。……表坐谈客耳，自知才不足以御备，重任之则恐不能制，轻任之则备不为用，虽虚国远征，公无忧矣。"南宋当权的主和派，用两种办法来实现他们出卖祖国的罪恶阴谋：一种是用"长期准备"的说法，对民众进行欺骗；又一种是用"功高震主"的说法，来对主战派实行陷害。例如《宋史·叶适传》："召为太学正，迁博士；因轮对，奏曰：人臣之义，当为陛下建明者，一大事而已。二陵之仇未报，故疆之半未复，而言者以为当乘其机，当待其时。然机自我发，何彼之乘？时自我为，何彼之待？非真难真不可也，正以我自为难，自为不可耳。于是力屈气索，甘为退伏者，于此二十六年。积今之所谓难者阴沮之，所谓不可者默制之也。……置不共戴天之仇，而广兼爱之义，自为虚弱，此国是之难一也；国之所是既然，士大夫之论亦然。为奇谋秘画者，止于乘机待时；忠义决策者，止于亲征（皇帝逃走）迁都；深沉虑远者，止于固本自治，此议论之难二也。"以上叶适所揭发的，是他们阴谋诡计的一种；此外他们不仅在"理论"上制造投降根据，而且在实际行动上，则极尽排挤和陷害主战派的能事。例如他们排挤主战派首领李纲、宗泽，杀死陈东、岳飞，都是不能用贤的实例。比起刘表的行为，不仅相同，恐怕还要过之甚远了。

"深源轻近"，《晋书·殷浩传》：殷浩，字深源，陈郡长平人也。及石季龙死，胡中大乱，朝廷欲遂荡平关河，于是以浩为中军将军，假节，都督扬豫徐兖青五州军事。浩既受命，以中原为己任，上疏北征许洛。既而以淮南太守陈逵、兖州刺史蔡裔为前锋，安西将军谢尚、北中郎将荀羡为督统，开江西䤩田千余顷，以为军储。师次寿阳，潜诱苻健大臣梁安、雷弱儿等，使杀健，许以关右之任。初降人魏脱卒，其弟憬代领部曲，姚襄杀憬以并其众，浩大恶之，使龙骧将军刘启守谯，迁襄于梁，既而魏氏子弟往来寿阳，襄猜惧，俄而襄部曲有欲归浩者，襄杀之，浩于是谋诛襄。会苻健杀其大臣，健兄子眉自洛阳西奔，浩以为梁安事捷，意苻健已死，请进屯洛阳，修复园陵，使襄为前驱，冠军将军刘洽镇鹿台，建武将军刘遁据仓垣，又求解扬州，专镇洛阳，诏不许。浩既至许昌，会张遇反，谢尚又败绩，浩还寿阳，后复进军，次山桑，而襄反；浩惧，弃辎重，退保谯城，器械军储，皆为襄所掠，士卒多亡叛。浩遣刘启、王彬之击襄于山桑，并为襄所杀。〔案〕《宋史·宗泽传》云："（宣和二年）朝廷遣使由登州结女真，盟海上，谋夹攻契丹。泽语所亲曰：天下自是多事矣。"又《徽宗纪》："宣和四年三月丙子，辽人立燕王淳为帝，金人来约夹攻，命童贯为河北、河东路宣抚使，屯兵于边以应之，且招谕幽燕。五月庚辰，童贯至雄州。令都统制种师道等分道进兵。癸未，辽人击败前军统制杨可世于兰沟甸。丙戌，虑囚。杨可世与辽将萧干战于白沟，败绩。丁亥，辛兴宗败于范村，六月己丑，种师道退保雄州，辽人追击至城下。帝闻兵败惧甚。"这是宋朝对外军事冒险的开始，其后，钦宗时的姚平仲，高宗时的张浚，宁宗时的韩侂胄等，均曾以没有充分准备和训练的军队进攻敌人，结果招致失败。民族英雄和卓越的政治家李纲反对这种作战，辛弃疾也反对这种作战。《宋史·李纲传》

记载绍兴五年，诏问攻战、守备、措置、绥远之方，纲奏："议者或谓敌马既退，当遂用兵为大举之计，臣窃以为不然。生理未固，而欲浪战以侥幸，非制胜之术也。……有守备矣，然后议攻战之利，分责诸路，因利乘便，收复京畿，以及故都，断以必为之志而勿失机会，则以弱为强，取威定乱于一胜之间，逆臣可诛，强敌可灭，攻战之利，莫大于是。"

"机会失之弹指间"，意思是说，由于朝廷的坐谈和轻进，把许多可以争取恢复的机会都失去了。弹指间，表示时间短暂。《翻译名义集》引《僧祇律》云："二十念为一瞬，二十瞬名一弹指。"

"年年冰合，在在风寒"，言敌人追帝，屡涉险境。《后汉书·光武纪》：更始元年十二月，立（王）郎为天子，都邯郸，遂遣使者降下郡国。二年正月，光武以王郎新盛，乃北徇蓟，王郎移檄，购光武十万户。光武晨夜兼行，蒙犯霜雪。天时寒，面皆破裂，至呼沱河。无船，适遇冰合，得过，未毕数车而陷。〔案〕高宗建炎三年，帝为金兵所追，由扬州逃建康，临安，又航海走，故作者比之光武早年遭遇。

"说和说战都难。算未必、江沱堪晏安"，这种说法也是从李纲的主张引申出来的。《宋史·李纲传》说：未几，有诏欲幸东南避敌，纲极论其不可。言自古中兴之主，起于西北则足以据中原而有东南；起于东南则不能以复中原而有西北。盖天下精兵健马，皆在西北，一旦委中原而弃之，陛下虽欲还阙，不可得矣。今乘舟顺流，而适东南，固甚安便，第恐一失中原，则东南不能必其无事，虽欲退保一隅，不易得也。

"封侯"，已见前注。

"鳣鲸失水"，言英雄无用武之地。鳣，一名黄鱼，长二三丈。《韩诗外传》："夫吞舟之鱼大矣，荡而失水，则为蝼蚁所制。"

"平戎策"，已见上注。

"虎豹当关"，言为小人所阻。《楚辞·招魂》："虎豹九关，啄害下人些。"

"渠"，他们。

"麒麟阁"，《三辅黄图·汉宫殿疏》云："麒麟阁，萧何造，以藏秘书、处贤才也。"〔案〕《汉书·苏武传》注谓此阁为汉武帝获麒麟时所造，遂以为名，其说不同。其后汉宣帝图功臣霍光、张安世、韩增、赵充国、魏相、丙吉、杜延年、刘德、梁丘贺、萧望之、苏武等十一人于阁上。

"儒冠"，杜甫《奉赠韦左丞丈二十二韵》诗云："儒冠多误身。"

文及翁（生卒年不详）

字时学，号本心，绵州人，历官参知政事。《全宋词》只收其词一首，附录一首。

贺新凉

游西湖有感

一勺西湖水。渡江来，百年歌舞，百年酣醉。回首洛阳花石尽，烟渺黍离之地。更不复、新亭堕泪。簇乐红妆摇画舫，问中流、击楫何人是？千古恨，几时洗？　　余生自负澄清志。更有谁、磻溪未遇，傅岩未起。国事如今谁倚仗，衣带一江而已！便都道、江神堪恃。借问孤山林处士，但掉头、笑指梅花蕊。天下事，可知矣！

"游西湖有感"，宋高宗逃到江南，奠都临安，即今杭州。在西湖之旁，故作者因游西湖以寄慨国事。

"一勺"，量名，一合的十分之一。此处则极言西湖之狭小，以致讽于当局的偏安政策。

"百年歌舞，百年酣醉"，自1127年高宗赵构逃南京，下数百年，盖已至理宗初年矣。其歌舞酣醉的情况，《宋史·陈亮传》说："钱塘（即杭州）终始五代，被兵最少，而二百年之间，人物日以繁盛，遂甲于东南。及建炎、绍兴之间，为岳飞所驻之地，当时论者，固已疑其不足以张形势而事恢复矣。秦桧又从而备百司庶府，以讲礼乐于其中，其风俗固已华靡，士大夫又从而治园圃台榭，以乐其生于干戈之余，上下晏安，而钱塘为乐国矣。一隅之地，本不足以容万乘，而镇压且五十年，山川之气，盖亦发泄而无余矣。"〔案〕杭州自宋南迁以后士大夫金迷纸醉的生活，可以参考周密的《武林旧事》，吴自牧的《梦粱录》和灌园耐得翁的《都城纪胜》三书。

"洛阳花石"，《宋史·朱勔传》：徽宗颇垂意花石，（蔡）京讽勔语其父，密取浙中珍异以进。初致黄杨三本，帝嘉之；后岁岁增加，然岁率不过再三贡，贡物裁五七品；至政和中，始极盛，舳舻相衔于淮、汴，号花石纲，置应奉局于苏，指取内帑如囊中物，每取以数十百万计。延福宫艮岳成，奇卉异植，充牣其中。勔擢至防御使，东南部刺史、郡守，多出其门。徐铸、应安道、王仲闳等济其恶，竭县官经常以为奉。所贡物，豪夺渔取于民，毛发不少偿。士民家一石一木，稍堪玩，即领健卒直入其家，用黄封表识，未即

取，使护视之，微不谨，即被以大不恭罪。及发行，必彻屋
抉墙以出。人不幸有一物小异，共指为不祥，唯恐芟夷之不
速。民预是役者，中家悉破产，或鬻子女以供其须。劚山辇
石，程督峭惨。虽在江湖不测之渊，百计取之，必出乃止。
尝得太湖石，高四丈，载以巨舰，役夫数千人，所经州县，
有拆水门、桥梁，凿城垣以过者。既至，赐名神运昭功石。
截诸道粮饷纲，旁罗商船，揭所贡暴其上，篙工柁师，倚势
贪横。陵轹州县，道路相视以目。广济卒四指挥，尽给挽
士，犹不足。

"黍离、新亭、中流击楫"，并见上注。

"澄清志"，《后汉书·范滂传》："时冀州饥荒，盗贼群
起，乃以滂为清诏使，案察之。滂登车揽辔，慨然有澄清天
下之志。"〔案〕范滂的所谓"澄清天下"有反动的因素在
内。此词此句，则但用其为国家立功的意思。

"磻溪未遇"，《史记·齐太公世家》：吕尚盖尝穷困，
年老矣。以渔钓奸周西伯。《水经》"渭水"注：汧水又东流
注于渭，渭水之右，磻溪水注之。水出南山兹谷，乘高激
流，注于溪中；溪中有泉，谓之兹泉。泉水潭积，自成渊
渚，即《吕氏春秋》所谓太公钓兹泉也。今人谓之凡谷。石

壁深高，幽隍邃密，林障秀阻，人迹罕交，东南隅有一石室，盖太公所居也。水次平石钓处，即太公垂钓之所也。其投竿跽饵，两膝遗迹犹存，是有磻溪之称也。

"傅岩未起"，《史记·殷本纪》：武丁夜梦得圣人，名曰说。以梦所见，视群臣百吏，皆非也。于是乃使百工营求之野，得说于傅险（即傅岩）中。是时说为胥靡，筑于傅险。见于武丁，武丁曰：是也，得而与之语，果圣人，举以为相，殷国大治。〔案〕这两句是说野有遗贤。

"衣带一江"，一江相隔，仅如衣带，言甚狭也。《南史·陈后主纪》："我为百姓父母，岂可限一衣带水，不拯之乎？"

"借问孤山林处士，但掉头、笑指梅花蕊"，这两句的意思在讽刺南宋以后，置国家民族的大仇于不顾，而整天赏花饮酒的士大夫阶级。《宋史·林逋传》：林逋，字君复，杭州钱塘人。结庐西湖之孤山，二十年足不及城市。

文天祥（1236—1282）

字宋瑞，号文山，吉水人。理宗时进士。官至江西安抚使，元兵入寇，天祥应诏勤王，受命使元军，被执，遁入真州。时瑞宗立于福州，拜天祥右相，封信国公。募兵转战，力图恢复，兵败被执不屈，作《正气歌》以见志，遂就死柴市，有《文山集》。词集名《文山乐府》一卷，有江标灵鹣阁汇刻名家词本。

沁园春

题睢阳庙

为子死孝，为臣死忠，死又何妨。自光岳气分，士无全节，君臣义缺，谁负刚肠。骂贼睢阳，爱君许远，留得声名万古香。后来者，无二公之操，百炼之钢。　　人生翕欻云亡。好烈烈轰轰做一场。使当时卖国，甘心降虏，受人唾骂，安得留芳。古庙幽沉，仪容俨雅，枯木寒鸦几夕阳。邮亭下，有奸雄过此，仔细思量。

"睢阳庙"，睢阳县名，故城在今河南商丘县南。庙当在县城中。余请参考《唐诗选注》韦应物《睢阳感怀》诗注。

"光岳气分"，光指星而言，岳指地而言。古代疆域划界，往往上视星辰，下准山川。如《晋书·地理志》引《周礼》：正北曰并州，其镇曰恒山。《春秋元命苞》云："营室流为并州。"又：荆州，《春秋元命苞》云："轸星散为荆州。"诸如此类。光岳气分，实际上是说中原为外族所侵，版图被人割裂。

"士无全节"，〔案〕《宋史》所载叛臣计有张邦昌、刘豫、苗傅、刘正彦、杜充、吴曦、李全等。

"翕欻"，倏忽的意思。

"俨雅"，尊严正大之意。

"邮亭"，即旅馆，驿站。

一九五四年十一月二十三日

附录三　启功先生论词举隅·李纲词七首

　　纪念启功先生百年，自然想到他老人家给我们讲宋词。那是1956年冬天，领到一本刻写油印的讲义：《中国文学·词选》，是启先生1954年11月23日脱稿，给中文系三年级编写的教材。在经过"文革"抄家、打砸抢之后，竟然幸存，是我最珍爱的一件文物，也是我学习宋词的一本宝书。

　　这本讲义里共选了宋人20家52首词，另有唐人6家6首，绝对都是名家名作。但引我注意的是李纲的七首词。遍翻许多选家的词集，都未选入。直到《全宋词》出版后，编纂人唐圭璋先生又选编了一本《全宋词简编》，才将李纲的七首词列入。此书发行于1984年，距讲义已过三十年才面世。可见启先生选李纲这七首词为教，是有深意存焉。

　　李纲（1083—1140），字伯纪，福建邵武人，祖始居无

锡，父夔为龙图阁待制。纲于政和二年中进士第，积官至监
察御史兼权殿中侍御史。靖康初为兵部侍郎，金人来侵，以
主战被谪。高宗南渡，首召为相。整军经武，力图恢复，而
高宗意图苟安，奸臣黄潜善等又忌而阻之。故仅七十日即罢
去。绍兴十年卒，享年五十八岁。著作有《易传》《论语详
说》《梁溪集》等。全宋词收其词五十一首。

启功先生选李纲词七首：

一、水龙吟·光武战昆阳，

二、念奴娇·汉武巡朔方，

三、喜迁莺·晋师胜淝上，

四、水龙吟·太宗临渭上，

五、念奴娇·宪宗平淮西，

六、雨霖铃·明皇幸西蜀，

七、喜迁莺·真宗幸澶渊。

这七首词虽不是同一时间写成的，但它们主旨一致，就
是用以激励宋高宗，希望他坚守都城，抵抗金人侵犯。这七
首词选择了汉代以来几代帝王率兵靖边、战胜敌寇的故事，
以词的形式生发开来，有气势，有韵味，十分感人。启功先
生在注释分析之间，禁不住插入自己的按语，点明作品的意

旨所在。如《水龙吟·光武战昆阳》，先生按："此词李纲以
光武中兴汉室，望于高宗赵构者为主旨，至以王莽影射金
人，虽不确切，然此为次要部分，可以存而不论。"在引用
《后汉书·光武帝纪》别与诸将徇昆阳，以及《宋史·李纲
传》中极力反对车驾巡幸东南，上乃许幸南阳之事后，启先
生写道："史文词语，可以互相印证。词当作于是时。"很准
确地点明李纲作词的用意所在。

又如《水龙吟·太宗临渭上》，这首词写突厥族的颉利
引兵从泾州入侵，先后攻破武功、高陵、泾阳，直逼渭河大
桥。但唐太宗命人将窥探形势的思力囚禁起来，自己只带
几人骑马来到渭桥使颉利求和退兵。启先生在征引《旧唐
书·太宗纪》有关文字之后，加按语说："此词李纲亦以唐
太宗之临大敌而不怯，用以激励高宗。当作于绍兴五年至八
年之间。"

再如《念奴娇·宪宗平淮西》，这是一首反映京师内乱
的词，吴元济被免官后，发生了宰相武元衡被刺死，御史中
丞裴度被刺杀伤首而免的事，造成了惊恐，奏告皇上，下
令悬赏捕凶，终于执吴元济以献，淮西平。启先生又引征
了《宋史·李纲传》，大意说在绍兴六年，宋师与金人伪齐

相持于淮泗者半年，纲奏：两兵相持，非出奇不足以取胜。于是约岳飞夹击，宋师屡捷，大破伪齐兵于淮肥之上，车驾进发，幸建康。启按："词盖为此事而作。"这是借前人平淮西的故事，比说今日之事，所以启先生又写了一段按语说："此词李纲乃以唐代之主和派李逢吉、王涯等斥当时投降派的黄潜善、汪伯彦、秦桧之流。"

为了更深入理解启功先生对李纲这一组词的分析和评论，现将《雨霖铃·明皇幸西蜀》作为特例展示于下。

雨霖铃
明皇幸西蜀

蛾眉修睩。正君王恩宠，曼舞丝竹。华清赐浴瑶甃，五家会处，花盈山谷。百里遗簪堕珥，尽宝钿珠玉。听突骑、鼙鼓声喧，寂寞霓裳羽衣曲。　　金舆远幸匆匆速。奈六军不发人争目。明眸皓齿难恋，肠断处、绣囊犹馥。剑阁峥嵘，何况铃声，带雨相续。谩留与，千古伤神，尽入生绡幅。

关于唐明皇和杨贵妃的故事，大家从白居易的《长恨歌》中已经十分熟悉了。关于《雨霖铃》这个词牌，一般词书中都说是唐代教坊大曲名，是柳永始用作词牌名。启先生引宋乐史《太真外传》"上（明皇）至斜谷口，属霖雨弥旬，于栈道中闻铃声，隔山相应，上既悲悼贵妃，因采其声为雨霖铃曲，以寄恨焉。"极简明地说清了曲牌的来源，并点明了幸蜀的感受。又从《旧唐书·玄宗纪》中节录了处置杨国忠和杨贵妃自尽的情况。接着引《宋史·李纲传》：靖康元年（1126），以纲为尚书右丞，宰执犹守避敌之议。纲为上（高宗）力陈所以不可去之意。且言明皇闻潼关失守，即时幸蜀，宗庙朝廷，毁于贼手。范祖禹以为其失在于不能坚守以待援。今四方之兵，不日云集，陛下奈何轻举，以蹈明皇之覆辙乎？启先生在这里续了一句话："所言，亦可与此词互相印证。"即说明李纲的词，写的就是当时的经历和实情。

李纲的这一组词，涉及古代历史事件，词语中会有不少典故、生词，所以启先生都一一做了注释。比如开头一句"蛾眉修睐"，是从《楚辞·招魂》引用的，原文作"蛾眉曼睐"，启先生说："此修睐，即曼睐也。"然后引白居易《长恨歌》"芙蓉如面柳如眉"说：盖比之此词，写法有抽象和具体之不同。很轻易地就把那四个字的含义点透了。第二句"君王恩宠，曼舞丝竹"，启先生的注释先引陈鸿《长恨歌传》：诏高力士潜搜外宫，得到了弘农杨玄琰的女儿，已经到了十五岁及笄之年，上甚悦，于是定情，册为贵妃。又引白居易《长恨歌》："缓歌曼舞凝丝竹，尽日君王看不足。"一下子就把两句词的来历和含义都弄清楚了。第三句"华清赐浴瑶甃"，先生引《太真外传》说明华清宫是贵妃梳洗之所。又引《长恨歌》"春寒赐浴华清池，温泉水滑洗凝脂"，说明其来历之后，然后特意说明，"汤池为玉所砌，故曰瑶甃"，将这两个生字就讲明白了。第四句"五家会处"四句，在《长恨歌》中只写"姊妹弟兄皆列土，可怜光彩生门户"。没提五家何物，所以先生只引《太真外传》之说，大意是给杨钊加封为御史大夫，权京兆尹，赠名国忠，这里一家；封大姨为韩国夫人，这是二家；三姨为虢国夫人，三家；八姨为秦国夫人，四家；从兄杨铦授鸿胪卿，共五家。天子幸其第，必过五家，声势煊赫。"花盈山谷，百里遗簪堕珥，尽宝钿珠玉。"则写尽了五家的奢侈和张扬。第五句"听突骑、鼙鼓声喧"，先生说：亦从《长恨歌》"渔阳鼙鼓动地来，惊破霓裳羽衣曲"二句化出。下半阕词写明皇幸西蜀，六军不发，只好处死了杨国忠，又令贵妃自尽，待从西蜀还京，途中为贵妃迁葬。"绣囊犹馥"一句，先生又引《太真外传》曰："及移葬，肌肤已消释矣，胸前犹有锦香囊在焉。"表明了明皇逃亡的凄惶和悲凉。词的最后一句："尽入生绡幅"，先生再引《太真外传》："又令画工写妃形于别殿，朝夕视之而歔欷焉。"真是千古伤神，全凝聚在一幅写真画幅之中了。读到此，确实难免不为古人伤忧！

我们读了启先生的有关引文和注释（大多也是引文）之后，不但对原词有了较透彻的理解，而且学到了启先生的治学之道。

首先，先生不纠结于词文的一字一句，做繁复细密的解释，而是引证相关的史实、诗文，很自然地加以比对，潜移默化地让我们心领神会、融会贯通。我们在学习研读中很自然地就会举一反三，掌握正确的方法，提高学习、写作能力。

其次，先生确实是学问博大而精深。凡所引征，都极为准确而恰切。在这七首词的引征中，经常有所删节处，让读者不烦他顾，径直获取所需要的参证，可见先生的仁智之心。

其三，先生一生涉猎的学问十分广泛，这对于他在中国文学的研究、论述，都是非常有利的，先生提出的一些看法和设想，往往是人们所不及，读这一本《词选》，就深受启发。

从1954年到21世纪初，间断地多次受到先生的教诲，只因学力不及，未能领悟。谨以此文，纪念先生的沾溉之情。

立人

2012年9月于中国政法大学古籍所

附录四　《中国文学·词选》讲义装订前记

　　我们上大学的时候，很多课都没有现成的教材，只能由任课教师编写讲义印发给大家。这一本就是启功先生给我们教中国文学史时的作品选讲讲义。历经劫难，保存至今，又得以重现当年学习生活的旧影。我是把它看得十分珍贵的。

　　那时每个学期都发很多讲义，油墨飘香、装订整齐的讲义一到手，就仿佛自己又长了许多学问。小心翼翼地翻阅，做上一些提示自己的记号，既解决了自己学习中的疑难，又从中学到了先生做学问的方法，那是非常惬意的事情。今天回忆起来，那是多么重要的经历。

　　启功先生是最受我们喜欢的老师之一，他那时正当盛年，一口京腔，一笔好字，一肚子学问，又有那么一副好脾气，笑容可掬，和蔼可亲，是多少学子心中的榜样。我由衷地为之倾倒。这就是我珍藏这份讲义的理由。

　　光阴流转，至今已近五十年了，先生已过九十，我们也已古稀，人世沧桑，时代巨变，往事可堪回首。然抚卷诵读，耳边犹响着先生那亲切悦耳的话音。这些年来又多次听先生讲课教诲，并得到先生的赠书赠字，论价值它们要高出许多。可是当我抚摸着这本讲义，这种珍惜心情却是无法代替的。

**　　　　立人癸未年小雪节于京北昌平法大寓舍**

整理者附记

1979年4月5日，刚获得"右派改正"通知不久的启功先生奉命开始为我们九位古代文学研究生讲授"唐代文学"，每周两堂课，到是年5月17日讲毕，计6次。启功先生余言未尽，又在5月24、31日分两次讲了"谈八股"和"怎样做古诗词"。下半年，先生又主动提出愿意到我们的宿舍来继续讲明清诗文和《书目答问》等，又讲了7次，师生十人挤在一间小小的宿舍里，围坐在一张不大的桌子旁，亲密无间，气氛热烈，而且每讲完一次之后，启功先生即为我们九人中一人写赠墨宝一幅，真使我们受益匪浅又大喜过望。

启功先生的讲课不仅深入浅出、生动活泼，而且多有己见、创见、精见，使我们这些学生只恨记笔记的速度太慢，不能全部记录；又恨我们自己对涉及作品的了解不够，不能随时跟进思考、消化，并举一反三。从2000年开始，在四川师大任教的学友万光治教授，在教学与科研之余整理他的听课笔记。光治兄是当年我们九位研究生中的"快手"——写作快，记笔记亦快。2004年初，他将全部15次课的笔记都整理完成，这就是后来收入《启功讲学录》（北京师范大学出版社，2004年7月）的《论文学》。

2005年6月30日，恩师启功先生与世长辞。我在悲痛之中，在家中搜检与先生有关的一些旧稿、信件、书籍，居然也找到了1979年的一册听课笔记本，先生为我们讲授唐代文学的听课笔记正在其中。恰好，我协助整理的《启功给你讲书法》和《启功给你讲红楼》先后在中华书局出版，受到广大读者的欢迎，我建议书局的大众读物编辑室还可以将此扩展为一个系列，《启功给你讲唐诗》即可以成为其中一种。宋志军主任希望我抓紧整理相关听课笔记，我知道这当然是义不容辞之事，便允诺下来，却因为这两年其他的任务实在太多，整理工作时续时停，进展不快，甚为苦恼。去年10月，章景怀兄委托侯刚老师与我及赵仁珪、林邦君诸兄清点先生遗稿，居然发现了启功先生当年为我们讲唐代文学亲笔撰写的完整的备课提纲，且有22页稿纸之多！看到先师熟悉的笔迹，精辟的语句，我仿佛又置身于当年的课堂，耳际又响起先生爽朗的笑声和幽默的言语，也鞭策我赶快来做整理笔记的工作。今年春节长假期间，我终于下了决心停止其他事务，集中精力来整理笔记，并且在节日之后一鼓作气地继续做这项工作，终于在今天基本完成了任务。

需要说明的是，我当年尽管还算用功，又已经当过十年教师，基本上掌握了听课记录的方法，但记笔记的速度有限，对唐代诗文的理解更有限，不可能做到完整无缺与十分准确，缺漏及记错之处肯定不在少数，这当然应该由我来承担责任，也热忱欢迎读者提出批评意见。另外，我也核对了光治兄整理发表的笔记，二者大同之处无疑，小异之处不少，而且他在整理中做的加工、补充也比我细致，不少可以补我所缺漏；当然也免不了有误记及自行发挥之处，这也是可以理解的。如果说各有所长、各有所短，应该大致不差。好在现在有启功先生自己的备课提纲在，听说熊宪光学兄也保存着当年的听课笔记，希望可以有宽松的时间更进一步来做检核比定。

还需要说明的，这次同书刊布的启功先生的备课提纲，为忠实原貌，我是按手稿逐字过录整理的，除了括补个别漏写的字和将原来简省的作品文字补全、次序有误的作品文字厘正之外，未作任何改动。如果对照此提纲和光治及我整理的笔记，我们不难发现先生原先准备讲述的一些内容，有的是非常独到、精彩的观点，在讲课时却删略未讲。这究竟是什么原因，也有待于读者和研究者来做进一步的判断了。

本书插配的唐诗诗图，选自明代著名藏书家黄凤池于万历年间编辑刊印的《唐诗画谱》一书。是书近些年有国家图书馆出版社的影印线装本及上海古籍出版社、岳麓书社、山东画报出版社、齐鲁书社的排印整理本行世，版本不一，各有长处，本书所选不及十一，有兴趣的读者不妨进一步去查看原书以窥全豹。

启功先生曾多次告诉我，他在五六十年代曾经参加过一些著名诗人（包括陈毅元帅）的吟诗活动，当时是有录音的，可惜现在已无从查找了。现在保存下来的一段唱诗录音（吟唱杜甫《秋兴八首》中的三首和王播的《题木兰院》），据说是在家中唱给来访的歌唱家江家锵先生听的，本为磁带录音，现经过技术处理，已经转为MP3，我亦得以保存一份。我本希望附在本书中，使读者也能聆听到先生这难得的"绝唱"，由于出版手续上的原因暂时未能实现，算是一种遗憾。先生吟唱《题木兰院》用的是佛家"唱焰口"的方法，诗云："三十年前此院游，木兰花发院新修。如今再到经行处，树老无花僧白头。"而今大师已逝，广陵音绝，我们这些三十年前有幸亲炙教诲的后生小子，亦多已树老头白，抚今思昔，能不潸然！

柴剑虹

2009年2月14日于北京六里桥寓所

后　记

"文革"之后，从残留物中发现这份油印讲义还完好地保存下来，真是欣喜莫名，如获至宝。遂略加装订保护，得以重新翻阅。

这份讲义是启功先生1956年给我们讲宋词时的一个选本，反映了先生对宋词的欣赏、评价和认识。其中有很多学问是值得思索玩味的。比如在选择上，先生把李纲的作品选了七首，这是一组咏史题材的词作，是李纲的代表作。后来唐圭璋选编《全宋词简编》，也选录了这七首词（另有一首《苏武令》）。而在许多唐宋名家词选中，李纲则往往不被提及，而李纲的这一组词，确实是佳作。启先生为之加注甚详，又以按语形式屡发己见，不值得深入研究吗？

至于在其他篇什中先生所出独到见解，也俯拾即是，也值得剔抉论之。

二〇〇六年八月

吕立人于京北政法大学寓舍